DEN SKANDALÖSA LADY CHARLOTTE

REGENCY-ESKAPADER
BOOK SEX

EBONY OATEN

CHAPTER 1

En hemlighet är något man berättar för en person i taget.

— FRU SKARSGARD

LONDON, DECEMBER 1819

Charlotte, lady Durham, bar på en hemlighet som hon hade lovat sin framlidne make att ta med sig i graven. Med tiden, när deras lilla hemlighet växte och växte och nu faktiskt kunde tala, hade hennes förmåga att hålla det löftet blivit en tämligen omöjlig uppgift.

Pojken var så lik sin far att om hans Wentworth-släktingar någonsin skulle korsa hans väg skulle de känna igen honom omedelbart.

Därför fortsatte Charlotte att hålla denna sprattliga, bedårande och ja, *pratsamma* hemlighet borta från familjen Wentworths åsyn.

Charlotte hade skapat ett mysigt hem åt honom på Soho Club. Denna privata klubb var en fristad, dit hennes framlidne makes giriga, lögnaktiga, kontrollerande och spektakulärt olycksdrabbade familj aldrig skulle våga visa sig.

När allt kom omkring oroade sig Charlotte mer för Wentworth-familjens olyckor än för deras lögnaktighet. Familjen förbrukade arvingar som julstockar.

Denna vintermorgon satt hon på golvet i sitt lilla privata rum. En liten brasa sprakade i den öppna spisen, men den gav bara en illusion av värme. Den verkliga värmen kom från aktiviteterna en trappa ner och de större brasorna i biblioteket och salongerna.

Charlotte turades om att lägga klossar på varandra med sin välsignat ovetande och mycket hemliga son, Tobias.

Han höll förtjust en kloss i handen, med ögonen stora av rackartyg.

"Lägg den överst, Tobias", uppmuntrade Charlotte honom att stapla den prydligt. "Bygg högre."

"Överst", sa Toby. Han fnittrade igen och avslöjade sina avsikter i god tid. Med en svingande handrörelse raserade han klossarna och spred dem över golvet.

Sedan kastade han huvudet bakåt och tjöt av förtjusning. "Jag lurade dig!"

Ja, så roligt att spela med och låtsas. "Ho, ho, du lurade mig igen." Charlotte samlade ihop klossarna för att börja om. "Nu ska vi se hur högt vi kan stapla dem den här gången. Inget rasande."

"Inget rasande", nickade han.

Hon ändrade taktik. "Du får börja den här gången ..."

Det busiga leendet var tillbaka. När det var hans tur att placera den tredje klossen skrattade han långt i förväg.

"Inte rasa", påminde Charlotte honom.

"Inte ra ...", han svingade med handen igen och välte den knappt existerande stapeln, "... sa!"

Än en gång skrattade han som om det vore det roligaste skämtet i mannaminne.

Tänk så lättroad han var, och hur ofta han kunde upprepa samma skämt som om det vore nytt varje gång. Vilka enkla ting som roade honom. Vilka fruktansvärda bekymmer som aldrig behövde uppta hans tankar – och aldrig skulle göra det, om Charlotte fick bestämma.

Det knackade på dörren.

"Stig på", sa Charlotte.

Brabham, en av Sohos betjänter, kom in och nickade åt Charlotte och Tobias.

"Plocka ihop nu, Tobias", sa Charlotte. "Brabham är här för att ta ner dig till köket för din tupplur."

Tobias underläpp sköt ut och han sa: "Vill inte sova."

Charlotte samlade ihop klossarna och lade dem i sin låda. "Alla snälla barn tar en tupplur; det hjälper dem att hitta på fler hyss att spela folk."

Det fick honom på andra tankar. Han kastade sig framåt och slog armarna om hennes hals. "Vi ses senare, faster Sharlo."

Det var svårt att svälja förbi klumpen i halsen. Hon var "faster" för sin egen son för att skydda honom. Det minskade inte smärtan i hjärtat varje gång han sa det.

Hon låtsades nysa för att snabbt torka sina rinnande ögon. Hon vände sig mot den stilige betjänten och sa: "Tack, Brabham. När ni kommer tillbaka, kan ni ta med lite te åt mig?"

"Självklart, ers nåd. Kom nu, Tobias."

Dagens nyhetsblad var verkligen fullt av fruktansvärda nyheter. Ännu en manlig Wentworth, den senaste viscount Durham, hade avlidit. Ärligt talat var de en så klumpig skara att det var ett under att någon av dem överlevde till avelsbar ålder. Den här hade gett sig ut på en ridtur, som man ju gör, och trott att hans häst kunde klara en häck.

Hästen hade inte klarat häcken. Hästen hade tvärstannat och vänt sig åt sidan, vilket skickade den nionde viscount Durham i döden.

Vilken dumdristig sak att göra i ett sådant uselt väder. Enligt nyhetsbladet firade viscount Durham födseln av en fjärde dotter. Till Charlottes förfäran lade hon ihop vad hon visste om familjen och kom fram till att de inte hade några söner kvar.

De skulle definitivt inte få hennes. Han var trygg i sitt mysiga lilla krypin nära köket, där personalen ofta smög till honom godsaker för att han log mot dem.

En välbekant knackning – i ett tre-två-mönster – hördes på dörren. Hon knackade tre gånger i golvbrädan som svar.

Brabham kom in med en bricka med te. Han bar fortfarande sin betjäntuniform, även om peruken satt på sned.

Charlotte log. "Problem en trappa ner, min gode man?"

"Inga problem alls, ers nåd", sa han medan han ställde brickan på sidobordet. "Den där systersonen till er försökte stjäla mitt hår."

Han stod rak i ryggen nära fönstret, där det vattniga ljuset utifrån skapade en silhuett av hans käckt perukprydda huvud. Tunga grå skyar tydde på ett eländigt väder utomhus.

Hon tittade på den lilla brasan i spisen och Brabham förstod. Han lade på två kolbitar till för att hålla hennes rum varmt.

"Fru Skarsgard sa att de förutspår en bittert kall vinter", sa han.

Ännu ett utmärkt skäl för Charlotte att ha sin dyrbara Tobias hos sig här, istället för på familjen Wentworths enorma men ytterst kalla lantgods. Hon var inte ens säker på om barnkammaren hos Wentworths hade en öppen spis. Kanske var det därför de inte blev gamla? De frös ihjäl innan de fyllde tjugo.

"Vållade Tobias er några problem?"

"Inte alls", sa Brabham och petade i brasan för att hålla lågorna brinnande varmt. "Kockerskan lovade att värma lite mjölk åt honom, och han kröp frivilligt in i sitt krypin."

Krypinet var mer som en hylla, men det var varmt och perfekt för hans storlek. När han växte skulle Charlotte behöva hitta ett alternativ. Men för tillfället var det ingen på klubben som hade något emot det. Många av dem var till och med förtjusta i pojken, inklusive fru Skarsgard.

"Sådär", Brabham blickade på de välkomnande lågorna. "Det där kommer att hålla er varm och go."

Charlotte tryckte ryggen mot dörren och vred om låset för att säkra den. "Vi kan ju inte bli kalla, eller hur?"

Hon gick mot Brabham. Med ett svep med handleden drog hon av honom peruken och slängde den tvärs över rummet. Hans ljusa hår lockade sig platt runt tinningarna.

"Jag måste se förskräcklig ut", sa han med en grop som bildades på kinden.

"En ganska förtjusande röra, dessutom." Hon höll om hans ansikte och kysste honom bestämt, vilket sände pulser av åtrå genom hennes kropp. Hennes fingrar for genom hans hår och frigjorde de där ljuvliga lockarna. "Din vackra man."

"Tackar ödmjukast. Ni är en stilig kvinna", svarade han mellan brännande kyssar.

En puls bultade lågt i hennes mage när hennes kropp förutsåg deras eldiga förening.

Hon knäppte upp knapparna och öppnade framsidan på hans knäbyxor. I ett huj hade hon hans lem i handen och strök den upp och ner.

Hans händer lyfte hennes kjolar, sedan knuffade han henne bakåt mot bergèren. Hennes bak sjönk ner i det mjuka tyget när han sjönk djupt in i henne.

Kors i himlen, han var en Adonis, som förde henne till randen av klimax så snabbt att hon nästan förlorade förståndet.

Han började sakta ner och uttalade hennes namn i förundrade toner.

Hennes kropp vibrerade på själva gränsen till en ljuvlig pina. Han saktade ner ännu mer, drog sedan fram hennes bröst ur tyget och tog det i sin mun.

Det var inte nog. Det var aldrig nog. Hon ville

att han skulle föra henne till glömska; hon behövde radera allt från sitt sinne. Hon slingrade sitt ben runt hans bål för att dra honom närmare, hennes händer grep tag om hans fasta skinkor och pressade honom hårdare in.

Ett frenetiskt "Snälla, älskling" undslapp hennes läppar och chockade henne med sin intensitet. Hon behövde detta, allt detta.

Istället slickade Brabham halvhjärtat på hennes bröstvårta och gled ut ur hennes kropp. Han borrade in ansiktet i hennes bröst när han spillde sin säd i en näsduk i sin fria hand.

Hade hon just kallat honom 'älskling'? Mannen var ett odjur som lämnade henne så otillfredsställd. "Kom tillbaka, tack."

Charlotte bad. Hon brydde sig inte.

"Jag kan inte, med gott samvete, fullborda akten, ers nåd."

Hon slängde ut handen åt sidan och grep tag i det första hon fick tag på. En kudde. Hon dängde till honom på axeln. "Ni kan inte lämna mig otill-fredsställd på det här viset. Det kommer att förstöra hela min eftermiddag."

"Det finns andra sätt, ers nåd."

"Det är inte samma sak, och det vet ni." Känslan dog nu ut, hennes ilska tog överhanden över passionen. "Måste jag avsluta det här själv?"

Han flinade och sa: "Får jag se på?"

"Ni får gärna delta när ni vill." Hennes hand sträckte sig ner dit hon var öppen och blottad för honom. Ömt strök hon med fingertopparna över sina blygdläppar och kände den hala fukten och värmen från deras förening. Det var inte samma sak, men hon antog att han gjorde det av rätt anledningar. Hon utnyttjade redan fru Skarsgards gästfrihet tillräckligt med ett barn. Ytterligare ett skulle allvarligt anstränga relationen.

De hade försökt med en "fransk kuvert", men anordningens veck och skrymslen hade gjort älskogen så obekväm att hon inte kunde finna någon njutning. Detta var deras enda andra alternativ om de ville undvika konsekvenser.

Så, hon lät återigen sina fingrar fladdra fram och tillbaka över sitt kön, följde linjen av sin öppning och spred sina egna safter upp och över den där ljuvliga knappen som satte henne i brand. Brabham hade introducerat henne för glädjen i sitt eget sällskap och vad hon kunde göra för sig själv, antingen ensam eller med honom. Nu njöt hon av sig själv och han betraktade henne intensivt, hennes ögon slöt sig och hennes andning reducerades till ytliga flämtningar. Hon rullade sina fingrar fram och tillbaka; av egen vilja svankade hennes rygg. Med sin fria hand grep hon sitt eget bröst. Hennes ben föll isär ännu mer, och han flyttade sig närmare och placerade sin mun över hennes kön. Rullande vågor av njutning byggdes upp och upp, tills hennes kropp kröktes och hon flämtade hans namn i en skälvande orgasm.

Hans fingrar smekte varsamt hennes klitoris, och hennes kropp krampade igen i efterglöd. Hjärtat dundrade mot revbenen, hennes andning sågade in och ut. Han sög hårt igen, och hon kved fram en annan sorts förlösning, denna på gränsen till smärta när hennes kropp skakade och dallrade av efterskalv.

August Fitzgerald tvättade ansikte och händer. Han tvålade in näsduken och tvättade bort sin säd, sedan hängde han den på tork på en krok ovanför skålen. Lady Durham var nöjd med honom, vilket alltid fick honom att le. Hon var så fri och otvungen när det bara var de två. Som om de kunde göra vad som helst tillsammans, och tala fritt.

Så varför talade han inte fritt? Rätt tid att avslöja sin härkomst hade varit när de först träffades. Näst bästa tid att avslöja det hade varit före deras första älskog. Eller kanske deras andra. Eller deras tjugoandra. Men de hade träffats så här så länge att han grundligt hade missat sin chans att förklara.

Och därför kunde han inte.

Hans blick föll på henne när hon rättade till håret i spegeln.

Sluta intala dig själv att hon är kär i dig. Hon kommer aldrig att bli kär i dig.

"Ni ska inte se på mig på det sättet", sa hon i en högdragen ton. "Vi vet båda att inget kan komma av detta."

Aj, hon visste hur man sårade. För att hon trodde att han var en skojaravkomma? Då behövde han ställa saker till rätta, och det snart. "Vi har inget att skämmas för, vet ni." Var hon tvungen att vara så här efter deras älskog, som om han hade gjort något fel? Det var ett elakt drag, en... sedan slog det honom. Hon stötte bort honom för sitt eget självbevarelsedrift.

Han hade sett hjärtesorgen i hennes ansikte när unge Toby hade kallat henne "faster Sharlo". Den lilla pojken var hennes barn, det rådde inget tvivel om. Det spelade ingen roll för honom om han var hennes riktiga son. De var säkra här på klubben, och så borde det vara. Hon hade sina skäl för att hålla honom hemlig, och han skulle inte kräva att hon avslöjade dem. Till slut nöjde han sig med: "Jag håller med om att inget kan komma av detta, men vi kan erkänna att det är väldigt roligt så länge det varar."

Hennes ansikte mjuknade. Ett erkännande!

"Ni kan gå nu."

Eller inte. "Ja, ers nåd, självklart." Hans mod svek honom. "Samma tid nästa vecka?"

"Utmärkt, tack", sa hon, låste upp dörren och vinkade ut honom.

Han förstod vinken och klev ut.

"Vänta", sa hon och kallade tillbaka honom.

Skulle hon nu bekänna sina sanna känslor?

Hon höll fram en ren näsduk. "Ni kommer att behöva denna."

Hans hjärta sjönk. "Ah, tack."

"Jag kan inte låta er stöka ner hos er nästa kund", tillade hon. "Ha en trevlig eftermiddag."

Med de orden stängde hon dörren och August stod ensam i korridoren, en vit tygbit i handflatan. Han antog att han alltid kunde stoppa den i munnen och skrika ut sin ångest.

Trodde hon att han var sådan med andra kvinnor på klubben? Eller med någon överhuvudtaget, för den delen?

Han hade anslutit sig till klubben för att han hade hört att det var en säker plats för vilsna själar. Gudarna skulle veta att det fanns tillräckligt av dem på Londons gator, särskilt runt Soho. Han hade ingen fallenhet för kortspel eller boxning, och inga högt uppsatta vänner hos vilka han kunde söka hjälp, så han hade kommit hit under sken av att vara en betjänt för att skydda sitt nyfunna arv från folk som snabbt skulle lura av honom det med falsk vänskap.

Fru Skarsgard hade inte begärt mycket, bara att klubben absolut krävde diskretion. Det hjälpte enormt medan de olika skandalerna och dramerna dog ut. Sedan hade han gått och blivit hejdlöst förälskad i Charlotte och kunde inte skaka av sig känslan av att hans känslor inte var lika innerligt besvarade.

När han hade kommit till klubben hade fru Skarsgard sagt till honom att om det var något han kände sig obekväm med, skulle han meddela henne. Passade obesvarad kärlek in på definitionen av obekväm? Han plågades ständigt.

Vad gällde att ha andra kunder, hade lady Durham helt fel. Förbannad vare han för att han överhuvudtaget gett det intrycket.

Nu satt han fast med det. Idiot.

Charlotte kastade sig på sängen och hatade hur hon hade behandlat sin älskare. Hon hatade sig själv mer än något annat. Hennes kropp kunde aldrig få nog av honom, men i sitt hjärta måste de båda förstå att de aldrig kunde ha något mer än stulna ögonblick här på klubben.

En viscounts änka och en betjänt? Skandalen skulle beröva henne hennes tillgångar och Tobys framtid.

Nej, det var en lögn hon intalade sig själv för att rättfärdiga sin grymhet mot honom.

Nog kunde de väl hitta en väg? De kunde låtsas att Tobias var Brabhams son från ett tidigare äktenskap. Många änklingar behövde en mor till sina barn. Inte för att hon och Brabham ens hade varit i närheten av att diskutera något som äktenskap. Varför skulle han det när hon behandlade honom så känslokallt?

Även om de skulle vilja gifta sig, skulle familjen Wentworth få höra talas om det i samma stund som de lyste för äktenskap. I samma sekund de fick syn på Tobias, skulle de veta.

De skulle ha klorna i honom snabbare än hon hann blinka.

Och därför bestämde hon sig för att se till att de aldrig skulle få veta om honom.

När hon hade samlat sina känslor använde Charlotte det lilla dagsljus som fanns kvar till att lägga fram sina kläder för morgondagen. Hennes kusin Mary skulle gifta sig med Fergal Sheridan, helt öppet inför alla. Hennes glädje över att ha presenterat dem för varandra här på klubben överskuggades av en stickande svartsjuka över att hon aldrig mer skulle kunna få en sådan offentlig dag för sig själv.

Det fanns inga hemligheter mellan Mary och Fergal längre.

En djup suck genljöd. Åtminstone var Charlottes hemligheter säkra här på Soho Club.

CHAPTER 2

Hemligheter kan vara vår rustning, men också
vårt fall.

— FRU SKARSGARD

Bröllop var alltid ett tillfälle fyllt av starka
känslor. En hel del rädsla från brudens sida
och möjligen lättnad från brudgummens familjs.
Eller så var det kanske bara Charlottes erfarenhet,
när hon mindes sin egen trolovning. Och den
pinsamma natten som följde. Och sedan, ett lång-
samt men mirakulöst upptinande av känslor, som
ledde till acceptans och till och med genuina ögon-
blick av ömhet. Innan hennes makes alltför tidiga
död orsakad av Wentworth-förbannelsen.

Detta var inte hennes eget bröllop, påminde
Charlotte sig själv när hon satt i vagnen med Mary
och höll den rara flickans hand. Det var Marys dag,
och hon gifte sig av kärlek.

Lyckliga kvinna.

Marys uppvaktning hade varit snabb och passio-
nerad, och det rådde inga tvivel om de djupa käns-
lorna mellan det lyckliga paret.

Hästarna klapprade fram längs de vinterblaskiga gatorna mot en kyrka. "Jag är inte alls bekant med den katolska ceremonin", erkände Charlotte, "så du måste tala om för mig vad jag ska göra och när."

"Det kommer att gå bra, kära kusin", sade Mary med ett stort leende, som om deras roller var ombytta och hon var den erfarna kvinnan och Charlotte den nervösa bruden.

Mary bar en ljusblå klänning kantad med tjock päls för att hålla kylan borta. "Fergal och jag har nu varit på mässa vid flera tillfällen, och jag börjar vänja mig vid deras ... ah, *seder*."

Med sänkt röst sade Charlotte: "Har du berättat för din mor än att du har blivit papist?"

En ångerfull axelryckning från Mary var hennes svar. "Låt henne tro vad hon vill. Hur som helst kommer jag om några timmar inte längre att vara hennes bekymmer."

Charlotte knuffade Mary i sidan. "Du kommer bara att bekymra dig om din make."

De utbytte ett skratt just som vagnen stannade. När som helst skulle dörren öppnas och den kalla vinden skära genom vagnens värme.

"Jag är så tacksam att du är här", sade Mary.

Charlotte rättade till sin egen pälsfodrade kapuschong och instämde. "Någon från din sida av familjen var ju tvungen att vara det."

En plötslig smärta högg till i Charlottes sida när

hon önskade att ytterligare en familjemedlem hade kunnat närvara. Tobias skulle ha varit det charmigaste tillskottet till ceremonin. Men att offentligt erkänna honom på något sätt vore att kasta lammet till vargarna. När hon väl lät sin egen sida av familjen få veta om hans existens skulle det bara vara en tidsfråga innan familjen Wentworth fick reda på honom.

Det enda sättet att verkligen hålla en hemlighet i denna värld är att behålla den för sig själv.

"Charlotte, jag måste berätta något för dig", sade Mary innan de gick in i kyrkan. "Jag skulle aldrig vilja göra dig upprörd, med tanke på att ert äktenskap var så olyckligt ..."

Det hade inte alltid varit olyckligt, inte mot slutet. Den informationen skulle leda till upptäckten av Toby, så hon behöll den för sig själv och lade märke till sin kusins knappt dolda leende. "Jag känner igen den där blicken. Du är med barn, eller hur?"

Marys ögon blev runda. "Hur gissade du det?"

"Ren tur, men jag anade att det måste vara något ganska skandalöst som du behövde bekänna innan du gick in i en kyrka."

"Är du inte upprörd?"

"Herregud, nej, jag är överlycklig." Hon höll rösten låg för att se till att ingen på andra sidan dörrarna kunde höra. "Det här är underbara nyheter." Tårar av glädje och andra förvirrande känslor hotade att välla fram, så hon tryckte en näsduk mot tippen på sin mycket kalla näsa. "Verkligen underbart."

"Fergal och jag skulle bli ytterst hedrade om ni _"

Dörrarna öppnades och en korgosse klädd i tjocka vita mässkläder dök upp. "Kusin Fergal är redo för er, Mary."

Vidare diskussion dog på Marys läppar när hon tog ett andetag och samlade sig för att bli fru Fergal Sheridan.

Charlotte gick före och såg Fergals strålande leende. Han tittade inte på Charlotte, han tittade längre bak, där Mary stod. Hans ögon glänste av lyckotårar som var redo att spillas.

Bredvid Fergal stod en alltför välbekant man. Brabham, betjänten från klubben. Charlotte hävde en snabb vackling i steget och kämpade med flera motstridiga tankar. Hon borde ha insett att en hel del folk från Soho Club skulle vara här – Fergal var medlem, och det var Charlotte som hade introducerat dem för varandra.

Det hade varit en personlig källa till stolthet att hon hade lett till en sådan kärlekshistoria. Men nu fick den kärlekshistorian hennes uppdelade världar att kollidera. En betjänt skulle aldrig ha tillräckligt hög rang för att bevittna ett bröllop, vilket innebar att hennes käre Brabham måste ha varit förklädd hela tiden.

Varför hade han gjort detta? Varför låtsas vara en obetydlig betjänt när han helt enkelt inte kunde vara det? Om han inte var skådespelare … det var alltid en möjlighet. Han kunde vara ännu en av dessa ökända irländska skådespelare precis som Fergal Sheridan. Som förstås var ett utmärkt parti för kusin Mary, eftersom Mary inte hade ett Wentworth-stort Damoklessvärd hängande över sig, i väntan på ett enda felsteg.

p>

Hjärtat stannade nästan vid tanken på att familjen Wentworth skulle upptäcka att hon umgicks med en skådespelare. De skulle mycket väl kunna dra in hennes livränta för det.

Detta var Mary och Fergals bröllopsdag, hon skulle inte ställa till med en scen. Hon tillrättavisade sig själv, vände ansiktet mot Brabham och gav honom ett varmt leende och en nick.

Om nätet inte redan höll på att snörpas åt kring henne, så skulle det sannerligen göra det nu. Hon kanske var tvungen att lämna klubben och hitta någon annanstans respektabel att bo. Med en smak av galla i halsen kanske hon till och med var tvungen att överväga att bo hos Marys mor.

Men om det inträffade, vad i hela friden skulle hon då göra med Tobias?

Nu var inte tiden att vältra sig i självömkan. Hon hade hälsat på brudföljet, nu kunde hon hitta sin plats och–

"– Faster Sharlo!" kom en liten röst när ett litet barn klätt på liknande sätt som Brabham klev fram från bakom brudgummen.

Herregud, kyrkan började snurra. "Hej Tobias", pep hon fram när hon kände igen sin lille pojke, som stod där i brudföljet.

Orden "vad gör du här" hade knappt hunnit formas på hennes läppar när bruden Mary stannade på sin väg nedför altargången och sade: "Faster?"

En bisvärm surrade i Charlottes huvud. Hennes synfält mörknade i utkanterna. Hon fick syn på kanten av en kyrkbänk och sträckte ut handen för att stödja sig. Hon skulle inte svimma. Hon skulle inte!

CHAPTER 3

Om någon ber dig att bevara en hemlighet åt dem, måste det finnas en mycket god anledning.

— FRU SKARSGARD

"Han är min myndling", mumlade hon.

Var hade det kommit ifrån? Hon tittade på sin älskade son och sa: "Han är en så snäll pojke."

Med tårfyllda, glänsande ögon slog Mary armarna om Charlotte och sa: "Jag visste att du skulle hitta ett sätt att bli mor."

Marys snabba acceptans överrumplade henne. Kvinnan borde skynda till altaret för att vara med sin älskade, inte stanna längs vägen för att trösta en kusin.

"Nej, nej, Mary, det här handlar inte om mig", lyckades Charlotte få fram medan hennes egna nerver höll på att brista. "Ge er blivande make och den trevlige kyrkoherden lite uppmärksamhet."

"Prästen", rättade Mary, innan hon gjorde just

det och vände sig mot altaret, där en man klädd i dekorerade skrudar väntade på henne.

Hur hon hade lyckats att inte skrika och ställa till med en scen förvånade Charlotte. Hon satte sig på den främsta kyrkbänken och stirrade rakt fram på Mary och Fergal medan k ... nej, *prästen*, läste ur en bibel.

Andas in, andas ut, andas in, andas ut.

Förvirringen var total när hon försökte urskilja de underliga ord prästen sa. Var det chocken, eller läste mannen något helt annat än vad hon var van vid?

Det var inte *precis* ett främmande språk; en del av det prästen sa var bekant. Ah ja, pulsen som bultade i hennes öron hjälpte inte. Särskilt inte som hon hade blivit avslöjad som mor till sin hemlige son inför så många människor.

Eftersom hon satt på främsta bänkraden, satt hon rakryggad och uppmärksam, med ansiktet vänt framåt och vågade inte se över gången på Brabham, om det nu verkligen var hans namn, och Tobias.

Så vårdslöst grymma de var som hade tagit hit honom. Så idiotiskt *farligt*! Huvudet snurrade av rädsla och frågor som virvlade runt och trasslade in sig i varandra. Tobias såg fullkomligt bedårande ut, klädd som en miniatyr-Brabham. Vems idé hade det varit att ta med honom på bröllopet över huvud taget? Hon hade varit för upptagen med att hjälpa

Mary för att veta vilka andra som var bjudna. Få medlemmar av Marys familj var närvarande – hennes egen mor var inte här. Fastän hon inte såg sig omkring (så mycket), var ena sidan av mittgången ganska fullsatt, medan Marys sida var ... gles.

Plötsligt reste sig alla – det måste ha varit en signal hon hade missat. Hon ställde sig också upp, medveten om att det förväntades av henne. Men hon hade ingen psalmbok att läsa ur och visste inte vad hon skulle ta sig till.

En organist spelade någonstans och en vacker kantat ekade mellan takbjälkarna. Brabham korsade mittgången och tog Tobias med sig. *Åh nej! Ta inte hit barnet!* Hon skulle ha vridit nacken av karln om hon hade kunnat, för att han försatt henne i denna plågsamma situation.

Dessvärre fanns det för många vittnen.

Hennes hjärta smälte vid åsynen av Tobias som klättrade upp på kyrkbänken för att stå bredvid Brabham.

Brabham hade en liten bok med sig och den var uppslagen till en psalm som prisade *Jesu, Joy of Man's Desiring*. Församlingen läste i samklang. Brabham följde raden de var på med sitt finger och hjälpte Charlotte att komma ikapp.

Varför var han tvungen att ha en så melodiös sångröst? Den distraherade henne nästan från hur rasande hon var över att han hade tagit med sig pojken.

Brabham vägledde henne och Tobias genom hela ceremonin. Ibland höll han Tobias knubbiga hand för att se till att han skötte sig exemplariskt.

Efter ännu en sång smälte Charlottes hjärta av sättet Brabham lyfte upp pojken och höll honom i famnen och vaggade honom till sömns som om den högtidliga psalmen de sjöng inte var mer än en vaggvisa.

Hur vågade han vara så bra med honom.

Hon var dock tacksam för att han hade kommit över till hennes sida, eftersom han visste när man skulle sitta och när man skulle stå, och sedan när man skulle knäböja. Det besparade henne en hel del pinsamheter. Senare under ceremonin fanns det ett ögonblick då brudparet och prästen var tvungna att skriva under i församlingsregistret. Brabham räckte över den sovande Tobias till Charlotte. Toby rörde sig lite, gav henne ett sömnigt leende och somnade i hennes famn. Den älskade pojken.

Allas blickar måste vara riktade mot henne, men när hon vågade se sig omkring fann hon att blickarna log. Inga ogillande miner, inga fördömanden. Många torkade tårar ur ögonen av dagens känslor.

Detta kanske inte var en sådan katastrof trots allt? Det var så få människor på den här sidan av mittgången. Marys vänner och några gemensamma vänner från Soho Club. Några personer hon inte kände igen; de måste vara Marys vänner från en annan del av hennes liv.

Då rörde sig någon längst bak i kyrkan. Marys mor hade kommit trots allt. Fru Callingsbrooke reste sig och deras blickar möttes. Sedan snörpte matronan på munnen och gick ut ur kyrkan.

Åh, fördömt. Vart var hon på väg? Hon var för långt borta för att Charlotte snabbt skulle kunna nå henne, och hon var tvungen att stanna kvar längst fram för att stödja Mary. Att skrika över flera rader av kyrkbänkar skulle skicka henne till helvetet, oavsett vilket samfund det var.

Tobias fortsatte att sova i hennes famn, omedveten om faran han snart kunde befinna sig i om familjen Wentworth upptäckte hans existens.

Bröllop var känslosamma. Det måste förklara hennes mordiska tankar om sin hemlige älskare som avslöjade hennes son för hela världen. Han hade inte haft någon rätt att fatta det beslutet utan att fråga henne först.

Vad var det för en bråkmakare som över huvud taget tog med sig någon annans barn till ett bröllop?

August tog en klunk från sin fickplunta för att lugna nerverna. Han var en idiot som lade sig i förhållandet mellan en kvinna och hennes myndling. I samma ögonblick som Charlotte hade förklarat situationen rasade hans värld samman. Han hade varit så övertygad om att barnet i hemlighet var hennes.

Han hade varit så övertygad att han hade känt att han måste gripa in. Att det inte var rättvist mot barnet att växa upp utan att veta vilka dess föräldrar var. Han hade sett för många likheter från sin egen barndom i Tobys ögon. Hur han bara hade fått känna sin riktiga far en kort tid innan han dog. Han skulle inte utsätta någon för det.

Hans teorier om Charlotte och Tobias hade alla verkat så fullkomligt logiska. Tills de plötsligt inte gjorde det längre.

Pojken var kvinnans myndling, inte hennes hemliga barn. Självklart kunde en änka utan utsikter till äktenskap hjälpa en fattig pojke att få ett bättre liv genom att ta hand om honom. Det hade inte förekommit något opassande alls.

Ni värdelöse idiot!

Sanningen slog honom som ett slag i magen. Det var han som betedde sig opassande. Han var tvungen att be om ursäkt så snart som möjligt, annars riskerade han att förlora dem båda ur sitt liv.

Och han var tvungen att berätta allt för henne – alla sina hemligheter – så snart som möjligt. Om hon någonsin talade med honom igen, skulle han skatta sig som världens lyckligaste man.

På väg tillbaka till församlingen letade August efter hennes bekanta ansikte och pojken i hennes famn. Skuldkänslor sköljde över honom för den situation han hade försatt henne i, inför Gud och alla människor.

De var framme vid gudstjänstens sista psalm, Beethovens *Hymn till glädjen*. Med så berömd musik behövde han inte visa Charlotte texten, vilket berövade honom ursäkten att luta sig närmare och låtsas hjälpa till.

Tusan också.

Hon ser inte på mig. Jag kan inte sluta se på henne.

"Jag är oerhört ledsen för mitt agerande idag", försökte han, i hopp om att hon skulle höra honom genom den triumferande sången.

"Senare", mumlade hon.

Det förtjänade han, och hon hade rätt i att ignorera honom.

Känslorna vällde upp till ytan när hon torkade sig i ögonvrån. Han hade fått henne att gråta, på hennes egen kusins bröllop.

En dåre tre gånger om.

I samma ögonblick som Mary och Fergal förklarades gifta, suckade församlingen som en man. Det nygifta paret kom emot honom för att utbyta kyssar och handslag.

Fergal log strålande. "Mästerdrag att ta med barnet, ni ser redan ut som en lycklig familj."

"Börja inte du också", gav August Fergal en lekfull knuff på armen, "stick iväg med din brud nu." Han hade inte gjort något sådant, och han hade mycket att förklara.

Fergal sa: "Det ska jag, och tack för all din hjälp."

"Det var ingenting", avfärdade han det, och ville inte försena dem på deras resa. Men den större anledningen till att han tonade ner det var att han inte ville att Charlotte skulle ställa frågor. Hon kände honom som en betjänt på Soho Club, men hon måste undra över hans kontakter för att stå bredvid en brudgum på hans bröllopsdag och bli tackad för 'all hans hjälp'?

Han hoppades att Charlotte inte hade hört den delen.

När han vände sig mot Charlotte var hennes min fylld av frågor, och han visste att han bara kunde hålla tillbaka hennes nyfikenhet en begränsad tid. Kvinnan var intelligent och skulle inte låta sig luras med lättvindiga svar.

Han respekterade henne för mycket för att ens erbjuda dem.

De skulle behöva gå till en privat plats och prata. Och med det menade han faktiskt prata, inte slita av varandras kläder och inte komma upp efter luft förrän de båda var utmattade.

"Jag har mycket att förklara", erbjöd han som en inledande salva.

Hon höjde på ett ögonbryn. "Ja."

Det enda ordet skar honom in i märgen. Hon skulle förmodligen hata honom när hon fick veta vem han egentligen var. Om han var mer ärlig mot sig själv, vilket han inte var förtjust i att vara, var det därför han hade tagit med sig pojken – han visste att Charlotte skulle vara här på bröllopet och skulle ha frågor om hans position bredvid brudgummen. Pojkens närvaro hade varit avsedd att skapa en avledande manöver, men hade i processen blivit en spelpjäs.

Ni är inte bara en idiot, utan en grym man på köpet.

"Jag har en vagn. Skulle ni tillåta mig att ta er och unge Tobias hem?"

"En betjänt med egen vagn?" frågade hon i gengäld.

"Jag ska förklara allt."

"Vi återvänder till Soho Club", sa Charlotte. "Som ni vet är det inte långt. Jag ska se till att Tobias kommer till ro för eftermiddagen och sedan ska vi prata."

Han förstod hennes mening; de borde inte diskutera vad de behövde framför pojken, det passade sig inte för så unga öron. Han tvivlade på att pojken skulle förstå vad de talade om, men å andra sidan, det kanske han skulle! "Ytterst förnuftigt, låt oss färdas i min vagn."

"Jag uppskattar erbjudandet, det är mycket ogästvänligt utomhus."

Hennes språkbruk placerade dem på avstånd. Kylan spred sig i hans kropp vid tanken på att hon var på väg att stöta bort honom och bryta kontakten.

För alltid.

Återfärden till Soho Club var en kort resa, men att få Charlotte att samtala var svårare än att tända en eld utan tände.

August försökte verkligen. "Underbar gudstjänst idag."

Charlotte blinkade långsamt för att bekräfta honom. "Verkligen."

"Unge Tobias här skötte sig så bra."

Hon tinade upp en aning med ett leende riktat mot den unge pojken. "Han var exemplarisk. Bra gjort, unge man."

Tobias strålade av berömmet och blinkade sedan. "Vad är exemp-la-risk?"

August inflikade: "Det betyder att du var en mycket snäll pojke och att du får extra efterrätt som belöning."

"Extra efterrätt!" Tobias ansikte lyste av förtjusning. "Åh, vad bra."

Charlotte himlade med ögonen och siktade sedan in sig på August. "Varför satte ni den idén i huvudet på honom? Nu kommer han att tro att han blir bestraffad om han inte får det."

August svarade irriterat: "Jag ska se till att han får det."

"Är ni god vän med kökspersonalen på klubben?"

"Något i den stilen", gav han ett varmt leende, men det hade motsatt effekt mot vad han avsåg då hon korsade armarna över bröstet.

Vid ankomsten till Soho Club gick han in genom gästentrén tillsammans med Charlotte och Tobias, istället för personalingången på baksidan av fastigheten. Ingen mening med att låtsas vara personal längre. Hon behövde få veta sanningen. Skulle hon hata honom nu när hon visste att han trots allt inte var en betjänt? Spelade det verkligen någon roll vem någon egentligen var på klubben?

"Jag möter er i era rum om en kvart då?" sa han efter att de hade skrivit in sig.

"Jag behöver minst trettio minuter, eftersom Tobias kommer att vilja ha sin extra efterrätt", påminde Charlotte honom. "Det kan ta en timme om han är full av honung och vägrar sova."

Det förtjänade han. Han nickade och gick till

köket så att han kunde prata med personalen där om vad som kunde göras för Tobias.

Pojken var en heder för Charlotte; hon var uppenbarligen ett underbart inflytande på honom. Hur länge hade han varit hennes myndling?

För att hålla sig sysselsatt ordnade August en bricka med munsbitar som han och Charlotte kunde njuta av i hennes rum. Kallskuret var bäst när ankomsttiden var okänd. Han kunde alltid skicka ner efter lite varm soppa om det var vad hon önskade. Tanken på varm soppa denna kalla vinterdag fick det att vattnas i munnen på honom. Det skulle göra susen; han hade varit så nervös för Fergals skull att han inte hade ätit mycket, och nu vrålade magen tillbaka till livet. Köket var fullt av personal som förberedde måltider och drycker för gästerna. Kockan fick syn på honom när han plockade ihop saker till Charlotte och sig själv.

"Vad önskar ni, mister August?"

"Bekymra er inte om mig, Kockan, jag hämtar bara en tallrik för senare."

"Köket är ingen plats för er, och ni har inte ens er betjäntmundering på er. Säg mig vilket rum så skickar jag upp saker."

"Ni är en ängel", sa August. "Om ni hade varit min mor, skulle jag ha blivit så mycket bättre."

Kvinnan skakade på huvudet och mumlade

något, vände sig sedan plötsligt om och sa: "Ska ni äntligen rentvå ert namn inför fröken Charlotte?"

"Inget undgår er."

"Då vill ni väl ha lite vin för att fira?"

"Ja, och om inte, en flaska whisky för att sörja."

"Lämna det till mig, jag vet precis vad som behövs."

August grep Kockans händer och kysste dem. "Tack."

Fylld av hopp lämnade han köket och gick in i matsalen där det stod järnekskvistar på varje bord. Det var dukat för att några av Mary och Fergals bröllopsgäster skulle kunna njuta av en måltid efter ceremonin.

Han tog en taggig kvist och skakade av vattnet från stjälken, sedan stack han den genom sitt knapphål. Det såg löjligt ut, men han brydde sig inte. Han var frestad att vissla; hans humör var på topp.

Ett plötsligt ljud fångade allas uppmärksamhet. Två personer trängde sig in i matsalen med conciergen hack i häl, som krävde att de skulle återvända till entréhallen så att han kunde kontrollera deras medlemskapsuppgifter.

"Ingen rör sig", ropade en lång kvinna ut i rummet. "Det finns en lady Charlotte Durham i lokalen och hon har kidnappat arvingen till familjen Wentworth. Lämna omedelbart ut henne, på order av domaren."

CHAPTER 4

Vad är det för mening med en hemlighet om man
inte har någon att dela den med?

— FRU SKARSGARD

Trots att hans krypin nära köket var hans
vanliga plats för en tupplur var där för
mycket liv och rörelse idag, eftersom bröllopsföljet
snart skulle anlända för en festmåltid. Istället
försökte Charlotte bädda ner honom i sin egen säng.
Men med föga framgång. Hur skulle hon kunna få
sin lilla skyddsling att komma till ro när det var ett
sådant herrans liv från våningarna nedanför? Det
skulle förmodligen vara tystare att bädda ner
honom i hans krypin i köket när allt kom omkring.

"Vila dig nu, du behöver sova middag."

"Vill inte sova!" Tobias satte sig upp och lade
armarna i kors över bröstet. De nådde inte runt på
samma sätt som en vuxens armar skulle ha gjort.
Istället för att se bister ut såg han bedårande ut.

Hon pressade ihop läpparna och försökte att

inte skratta. Hon samlade sig och påminde honom: "Alla barn behöver sova middag."

"Är du här när jag vaknar?"

Ett blixtsnabbt styng av känsla genomborrade hennes hjärta. "Självklart är jag det."

"Bråkar han om att sova?" En röst hördes vid dörren.

Charlotte höjde blicken och fick se fru Skarsgard lutad mot dörrkarmen. "Du store min, ni hördes inte alls."

"Jag låtsas att jag inte är här. Jag ser till att pojken somnar, ni behövs i matsalen."

"Vad är det som låter så?"

Tobias satte sig upp. "Jag ska skydda dig. Moster. Sharlo."

Pojken var klarvaken. Det skulle krävas ett mirakel för att få honom att somna.

Fru Skarsgard sjöng en vaggvisa för att få Tobias att somna. Pojken kämpade emot tröttheten så mycket nu för tiden. Kanske han höll på att bli för gammal för att sova middag? Vem försökte hon lura? Barnet skulle snart vara redo för en informator. Han borde växa upp i ett familjehem, inte på en klubb som såg mellan fingrarna med livets skuggsidor. Vad för slags person skulle han växa upp till om han fortsatte att bo här? Vad för slags utbildning skulle han få?

Tja, hon visste vad för slags person han inte

skulle växa upp till om familjen Wentworth fick reda på honom — han skulle ha en gravsten på den växande familjekyrkogården innan han blev myndig.

En oro fyllde Charlotte när hon anförtrodde sin skyddsling åt fru Skarsgard. Hon strök händerna över kjolarna för att lugna sig, och gick sedan mot ljudet av höjda röster.

Hon sköt upp dörren längst bak i matsalen och fann att folk stod upp istället för att sitta vid borden. Damer fäste beslöjade hattar för att deras identitet skulle förbli hemlig, medan herrar vände ryggen till för att fysiskt distansera sig från de objudna gästernas ankomst till rummet.

Brabham mötte deras blickar. I sin fulla längd. Fullständigt orädd.

Så magnifik!

En kvinna steg fram bakom inkräktarna. Charlotte kände igen henne som fru Callingsbrooke, hennes moster och Marys mor.

"Där är hon", pekade fru Callingsbrooke på Charlottes ansikte, som måste vara askgrått vid det här laget. "Det är hon som kidnappade Wentworths arvinge."

"Vad?" brast Charlotte ur sig, full av misstro. "Något sådant har jag inte gjort!"

Varje muskel skakade, hennes röst måste darra,

men att se Brabham hålla dem på avstånd gav henne en styrka hon inte visste att hon hade.

Han röt åt dem: "Avlägsna er från denna klubb, ni är inte medlemmar."

Fru Callingsbrooke skrattade, gällt och högt. "Är det där det bästa ni kan åstadkomma? Denna *klubb*, som ni kallar den, är en syndens håla och förtjänar snarare epitetet bordell."

Flämtningar fyllde rummet. En av dem var Charlottes. "Om det här är en bordell, vad gör ni då under dess tak?"

Någon i matsalen undertryckte ett skratt. Stolthet vällde upp inom Charlotte över hur vågad hon lät.

Fru Callingsbrooke sa: "Jag hjälper familjen Wentworth att finna sin förlorade arvinge."

"Vilken arvinge?" Charlotte höll rösten hög, men den sprack. Hon hoppades bara att fru Skarsgard skulle höra vad som pågick här ute och föra Tobias i säkerhet någonstans. Kanske var det just vad hon höll på med, under förevändning att sjunga honom till sömns.

Fru Callingsbrooke svällde över bröstet. "Pojken jag såg er med i kyrkan idag, med den där mannen", pekade hon på Brabham. "Samma kyrka där min otacksamma dotter gifte sig med en papist och … därför inte längre är min ensak."

Charlotte kunde knappt andas för den överraskning och skam som sköljde över henne. Att hennes moster skulle tala så offentligt om deras familjs öden, även om det var på en plats där diskretion var garanterad. Men fru Callingsbrooke var inte medlem, så kanske de närvarande trots allt inte skulle känna sig fullt lika tvungna att hålla dessa händelser hemliga?

"Snälla, fru Callingsbrooke", försökte Charlotte igen för att trappa ner situationen, "jag är säker på att vi kan diskutera detta på ett resonligt sätt. Kanske kan jag få besöka er imorgon hos er…"

Fru Callingsbrooke avbröt henne. "Ni är en skam för familjen, lady Durham!"

Aj!

Brabham steg framför fru Callingsbrooke och blockerade hennes siktlinje till Charlotte. Att se hans breda rygg framför sig gav Charlotte en välbehövlig respit från hennes mosters förebrående ansikte och den konfrontation hon hade fört med sig.

"Fru Callingsbrooke, tillåt mig att presentera mig. Jag är hertigen av Brabham. Eftersom ni är lady Durhams närmast levande äldre släkting, tror jag att jag behöver er tillåtelse att be om hennes hand."

Vänta, vad?

Var han hertig?

Knappt hade den sanningen sugit luften ur

hennes lungor förrän hon hörde honom anhålla om hennes hand.

Kunde denna dag bli mer bisarr?

Fru Callingsbrooke spottade fram orden: "Den får ni inte!"

Charlotte knackade Brabham på axeln och sa mjukt: "Det där behöver du inte göra. Och som änka behöver jag inte längre min familjs tillåtelse för att gifta om mig."

"Hon får inget från oss," sa fru Callingsbrooke, och vände sig sedan till personerna hon hade tagit med sig. "Genomsök lokalerna efter en pojke på fyra år, han måste vara här någonstans, jag såg henne anlända med honom."

"Sluta med det här, moster Callingsbrooke," Charlotte trängde sig kroppsligen mellan Brabham – herregud, var han verkligen hertig? – och Marys mor. "Nu har det gått för långt! Jag har inte kidnappat någon. Jag är oskyldig. Barnet är mitt! Jag födde honom, alltså tillhör han mig."

"Ja," sa Brabham. "Han är hennes myndling."

"Du hjälper inte till!" Hon vände sig mot Brabham och slog handflatan i hans bröst i protest. "Håll dig utanför det här. Det angår inte dig."

Hans ansikte visade fullkomlig smärta och svek.

"Jag förklarar senare, jag lovar." Han hade just offentligt förklarat att han ville gifta sig med henne, vilket, allt som allt, var spektakulärt.

Även om tajmingen var exekrabel.

Hon vände sig mot sin moster igen. "Barnet är mitt. Helt och hållet mitt. Han är inte min myndling, han är min biologiske son och jag tänker inte skiljas från honom. Det är omöjligt att jag skulle ha kidnappat någon när han var min från första början." Hela hennes kropp skakade av ansträngningen att blotta sig på detta sätt inför alla klubbmedlemmar och bröllopsgäster som var närvarande, och inför Brabham och sin moster.

I den stunden anlände Fergal och Mary till matsalen, från ett annat dörrpar, och Charlottes blottande var fullständigt.

Hennes röst kom ut mjukt. "Jag var havande innan den bortgångne viscount Durham dog. Inte den som just dog denna vecka, utan den som jag var gift med, för sex år sedan."

Moster Callingsbrooke muttrade: "De avverkar dem i rask takt."

"Min make visste att jag var havande innan han dog. Han fruktade att hans släktingar i familjen Wentworth skulle blanda sig i pojkens liv och förstöra det med sitt kontrollerande sätt. Han började insjukna strax efter att vi upptäckt min glada nyhet, innan vi hade hunnit dela nyheten med någon. Det var då han fick mig att lova att aldrig låta familjen Wentworth få veta om hans eller hennes existens."

Ett brett leende delade fru Callingsbrookes ansikte. "Så ni erkänner att barnet är viscount Durhams?"

"Ja, självklart är han det. Jag var fullständigt trogen min make."

"Bra, då har ni korrekt identifierat att han är barnet som familjen Wentworth söker. Finn honom!"

Hennes medhjälpare trängde sig fram genom matsalen till sidodörrarna och började genomsöka lokalerna.

"NEJ!" skrek Charlotte.

Detta kunde inte vara sant.

Familjen Wentworth skulle inte ta ifrån henne hennes barn.

August tänkte att han skulle spy. "Det här är helt och hållet mitt fel", sa han till den askgråa kvinnan bredvid honom. Magen vände sig och han kände smaken av galla i halsen. "Jag skulle inte ha tagit med honom till bröllopet."

"Nej, det skulle du inte ha gjort!" replikerade hon.

Vilken kolossal röra han hade ställt till med. "Jag ska ställa allt till rätta. Jag svär."

Hon tog ett steg tillbaka, med handen mot

bröstbenet som om hon famlade efter ett imaginärt pärlhalsband. "Du har gjort tillräckligt med skada, håll dig utanför det här!"

Hennes ord hällde is i hans ådror. Hon måste avsky honom. Även om hon inte hade sagt orden "jag vill aldrig se dig igen", kände han avsikten i hennes tonfall. Hur skulle han kunna försvara att han hade gjort något så dumt som att utsätta hennes oskyldiga barn för dessa galna människor? "Snälla, låt mig förklara", började han. "Jag älskar dig."

"Din dumma karl. Vilken hjälp skulle det vara?" Hon sköt sig bort från honom och rusade mot den bakre delen av matsalen, i jakt på människorna som letade efter hennes son.

"Vänta!" ropade han, och ville inte förlora henne ur sikte. Han älskade henne verkligen, och han var glad att han hade sagt det. Ack, han hade gjort allt i fel ordning och skapat en kolossal röra. "Gift dig med mig så kan jag lösa det här."

"Jaså?" Hon snurrade runt på hälarna och frågade: "Hur skulle det hjälpa det *minsta*?"

"För att hertigen av Brabham var min far, och senast jag kollade, räknades det för något."

Hon blinkade frenetiskt mot honom. "Varför berätta det här för mig nu? Jag måste rädda min son!"

"För om du är gift med mig, blir du hertiginna och då måste familjen Wentworth ge vika för rang."

Hon tog några andetag för att bearbeta detta.

Hopp vällde upp inom honom medan han väntade på att hon skulle gå med på det.

"Hitta min pojke först, sedan ska jag fundera på saken." När hon vände sig om och rusade iväg längs hallen muttrade hon något om "hertigson" för sig själv.

CHAPTER 5

Hemligheter är som investeringar; de blir dyrare
med åren.

— FRU SKARSGARD

Släkten Wentworths folk hade nått Tobias före henne. Om inte den där förbaskade mannen hade uppehållit henne med sitt enfaldiga frieri, hade hon kunnat rädda sin son. Istället bjöds hon på synen av en stor man som bar hennes lille pojke över axeln. Den lilla filuren sov som en stock! Hur vågade han sova sig igenom en så fruktansvärd prövning som just i detta nu grävde ärr i Charlottes hjärta! Hon ville skrika så att väggarna på Soho Club rasade, och ville samtidigt inte väcka sin son. Åh, din dumma kvinna! förebrådde hon sig själv och utstötte sedan ett rop: "Toby!"

Pojken vaknade till när mannen som bar honom ökade takten och sprang mot en utgång.

"Toby! Ni kan inte ta min pojke!"

Barnets sömniga ögon öppnades när han kämpade

för att förstå vad som hände runt omkring honom. Om det berodde på skakningarna eller rädslan visste Charlotte inte, men den lille gossen kräktes en tjock, vit sörja på den långe mannens axel. Rätt åt honom.

"Tant Sharlo?" Nu vaknade han ordentligt och insåg faran han måste befinna sig i om hon jagade efter honom och en okänd man höll honom fast i sina armar. "Vart ska vi?"

Hon kunde inte låta detta bli sista gången han såg henne, och det innebar att han måste få veta sanningen. Den långe mannen saktade inte ner stegen när han klev ut, där en vagn väntade. Iskall vind slog Charlotte i ansiktet när hon småsprang för att hinna med.

"Låt mig åtminstone kyssa honom adjö!" skrek hon.

"Skynda på", sa mannen och svängde runt, men utan att släppa pojken.

Charlotte kunde inte slå armarna om honom, allt hon kunde göra var att hålla hans ansikte mellan sina händer. "Var modig för min skull. Jag kommer och hämtar dig mycket snart, jag lovar dig."

Tårarna strömmade nedför hans ansikte. "Tant Sharlo, lämna mig inte."

"Jag älskar dig, Toby, och en sak till", hon kysste hans tinning och strök honom över håret. "Jag är din mor, min älskade pojke. Jag har alltid varit din mor. Jag älskar dig så mycket, och jag kommer snart och hämtar hem dig igen."

Någon drog bort henne från hennes skräckslagna pojke. Hon var tvungen att vara stark för hans skull, att inte låta hans minne av henne vara en klagande mara, hur mycket hon än ville skrika.

Den långe mannen lyfte in Tobias i vagnen och följde efter honom in. Sedan bankade han på taket och kusken manade hästarna till trav. När Charlotte rätade på sig insåg hon att personen som hade hållit tillbaka henne var Marys mor.

Ett kallt raseri vällde upp inom henne. "Fru Callingsbrooke, försvinn ur min åsyn."

"Aj, aj, aj, nu får det vara slut med dramatiken. Pojken kommer att vara med sin rättmätiga familj, där han hör hemma."

"Han hör hemma hos mig! Hur vågar ni lägga er i!"

"Hans andliga välfärd är i fara om han stannar i denna ... *inrättning* ... en minut till."

"Dra åt helvete!" skrek Charlotte åt henne, precis i samma ögonblick som Brabham klev ut på gatan. Hon vände sig mot honom och sände lika mycket gift åt hans håll. "Du kan göra henne sällskap!"

Hon trängde sig förbi dem, sprang in och rusade upp till rummet hon hade på Soho Club. Hon kastade sig på sängen och tryckte täcket mot munnen så att hon kunde skrika länge och högt.

De hade tagit hennes kära, älskade pojke. Åren av att vara så otroligt försiktig hade plötsligt raserats och nu var hennes son i livsfara. Inte bara från hennes intriganta faster, utan från släkten Wentworth själva!

Hon visste att hon måste göra något åt saken, men hennes kropp skakades av snyftningar och hon kunde inte tänka klart. Hon skulle gorma, skrika och få ett utbrott som skulle kunna mäta sig med Tobias en dålig dag, och när hon hade skrikit sig hes skulle hon göra upp en plan för att rädda sin pojke.

Men för tillfället var hon helt enkelt tvungen att skrika ut sin vrede. Skrikandet åstadkom ingenting, men det kändes så skönt!

August stod utanför Charlottes dörr och lyssnade på hennes dämpade rop. Han lyfte en knoge för att knacka på träet, men innan han hann vidröra dörren började hon om igen. Han måste trösta henne. Han måste reda ut röran han hade ställt till med. Men han var också tvungen att skona skinnet på sin knoge eftersom det redan höll på att spricka av knackningarna på dörren – det var ingen idé att knacka när hon skrek så högt att hon inte kunde höra honom.

Han öppnade dörren långsamt och inte ens gnisslet från gångjärnen trängde igenom hennes högljudda utbrott.

"Min älskade Charlotte ..."

Hon slutade klaga men tittade inte på honom. Hennes ansikte förblev dolt bakom det tjocka tyget.

"Allt det här är mitt fel." Bäst att ta ansvar för sina misstag, det var vad hans far hade sagt. Inte för att käre pappa hade levt efter den devisen. Hans fars motto verkade vara: "Ignorera dina misstag tills de överväldigar och begraver dig, och överlåt åt nästa generation att reda ut det."

Hon drog bort det hopskrynklade tyget från sitt ansikte och avslöjade en blöt, röd och svullen hud. Hon var utom sig, och han hade gjort detta mot henne.

Hennes röst var skrovlig och rå efter allt skrikande. "Ja, allt är ditt fel. Hur vågar du visa dig för mig."

Han höll upp handflatorna i en gest av kapitulation. "Jag trodde – nej, det spelar ingen roll vad jag trodde. Jag kom mig inte för att fråga dig först. Det var ett fruktansvärt misstag. Och nu är det *du* som betalar för *mitt* misstag."

Hon lade huvudet på sned, kanske inte hade

hon förväntat sig ett sådant tecken på ånger så snart efter att han hade begått ett sådant enormt misstag.

Med en rejäl snyftning sa hon: "Jag betalar ett känslomässigt pris för ditt misstag, men min son betalar ett fysiskt pris. Hans liv är i fara. Och jag sitter här och gråter utan att veta vad jag ska göra, varje ögonblick medveten om att han är längre bort från mig och närmare faran. Så om jag inte verkar vara mitt vanliga välkomnande jag, så vet du varför."

Vilken eld hon hade. Han ville springa till henne och hålla henne intill sig, men han visste att hon skulle rasa mot honom.

"Jag har redan satt en skugga på hans vagn. Jag har män som just nu ser till att din son fortsätter att vara vid god hälsa."

Hon slog ned handflatorna på kanten av sina kjolar. "Varför sa du inte det?"

"Du behövde ensamhet, och jag hade redan förstört ditt liv tillräckligt. Och ... om jag ska vara ärlig, ville jag komma med något positivt att informera dig om, istället för att bara dyka upp och be om din förlåtelse."

"Är Toby i säkerhet?"

Han kunde inte ljuga för henne. "Det kan jag inte garantera. Det är därför jag är här. Mina löpare har lokaliserat honom i familjen Wentworths hem här i Mayfair. De är övertygade om att han kommer att stanna över natten och ge sig av till deras lantegendom i gryningen."

Hennes ansikte ljusnade när hon baddade sina ögon igen och frågade: "Hur vet du det här redan?"

"De följde efter vagnen till Mayfair, och det fanns inga ytterligare hästar i stallet. Jag förmodar att de inte skulle komma långt med de trötta dragdjur de för närvarande har."

Hon kisade med ögonen. "Det är ingen garanti. Jag har bytt hästar knappt en timme efter avfärd."

Där fick hon honom. "Okej. Mina män hörde betjänten instruera personalen. Men de hade heller inga extra hästar i stallet, så det låter troligt."

Hon gav honom ett skakigt leende. Hur hans hjärta gladde sig åt att se det. Och inte bara för att det fick honom att må bättre över sina fruktansvärda misslyckanden. "Vi ska få tillbaka honom innan han är ute ur staden. Jag har ordnat med kyrkoherden, vi kan gifta oss i kväll, om det hjälper."

"Åh, för Guds skull!" Hon reste sig från sin plats och gick mot honom. "Varför är du sådan här?"

"Sådan hur?"

"Vill gifta dig. Är det vad män gör för att verka tappra i närheten av en gråtande kvinna?"

Han tog ett steg tillbaka. "Inte alls. Det är för att allt detta är mitt fel, och jag måste ställa det till rätta. Släkten Wentworth är ostoppbara. Jag har svårt att tro att de kommer att överlämna Toby till en ogift mor."

"Men jag är änka! Det är hela poängen med att Toby *är* en Wentworth. De erkänner att jag är hans mor, men klandrar mig för att jag inte är gift? Så här kontrollerande och fruktansvärda är de, sätter upp normer som är omöjliga att uppfylla!"

"Det handlar också om hans uppfostran."

"Han är ett friskt barn, och en älskling. Det är inget fel på honom."

August nickade. "Det håller jag med om, men släkten Wentworth hävdar att han uppfostras i ett hus av ... dåligt rykte."

"Det är det inte!" Hon tryckte fingertoppen mot hans bröstben, vilket skickade chockvågor genom honom. "Anledningen till att jag höll honom hemlig för Wentworths är för att jag fruktade att de skulle ta honom. I exakt det ögonblick de upptäcker hans existens får jag rätt. Soho Club är den säkraste platsen för honom, eftersom han är så älskad av alla. Om jag hade uppfostrat honom i mitt stadshus hade de mutat min personal och någon av dem skulle ha gett efter för frestelsen att överlämna honom." Hon gick fram och tillbaka några gånger och blev alltmer uppjagad.

"De måste ha vetat om barnet i samma ögon-blick som jag började synas. Jag försökte så hårt att dölja det bakom mina änkekläder. De kan vara ganska yviga. Till sist var jag tvungen att föda honom här, där jag vet att personalen och medlemmarna är svurna till diskretion. Vilket för mig till dig." Hon vände sig om mot honom och petade honom i bröstet en gång till. "Vad i hela Hades hade du tänkt dig, när du tog med Tobias till bröllopet?"

Han slog armarna om hennes bål, inte bara för att hålla om henne och erbjuda stöd, utan för att hindra henne från att sticka honom med fingret. "Jag trodde att jag agerade utifrån en felriktad smärta över min egen far, som inte erkände mig förrän helt nyligen. Jag växte upp och kände knappt min mor, eftersom hon dog när jag var ung, och jag kände aldrig min far de första tjugo åren. Jag såg hur du var med Toby och ... bestämde mig för att han behövde få veta sanningen."

Hon slingrade sig för att komma loss, men han höll henne närmare och strök henne över håret. Han var tvungen att fortsätta prata och lugna henne. "Jag gjorde något fasansfullt, fruktansvärt, och om jag kunde ta tillbaka det, skulle jag göra det."

"Det gjorde du. Du gjorde något fasansfullt, fruktansvärt och det var så offentligt också."

"Jag hoppades att om du såg honom offentligt, i kyrkan, skulle det kanske få dig att erkänna honom."

"Var det din plan? Var det allt? Att tränga in mig i ett hörn för en ... bekännelse?"

Han suckade tungt under tyngden av sitt svek. "Det var dumdristigt, farligt dumdristigt. När du förklarade att han var din myndling, trodde jag dig. Om det får dig att må bättre så har jag straffat mig själv ända sedan dess."

"Du har inte kommit undan än", sa hon. "Jag är inte klar med att straffa dig än. Min faster, Marys mor, var längst bak i kyrkan. Hon såg Tobias och gick innan Mary och Fergal gjorde det. Jag tvivlar på att Mary ens insåg att hennes egen mor var där. Stackars Mary, hennes mor har behandlat henne illa."

Han kysste henne på hjässan. "I ditt djupaste förtvivlan tänker du fortfarande på andra. Det är en av de många anledningarna till att jag älskar dig."

Hon borrade in sig i hans kropp och sökte värme. "Just nu föraktar jag dig troligtvis. Vi får se hur jag känner mig när Tobias är i säkerhet hos mig igen."

"Ja, låt oss göra just det. Gift dig med mig, så får du en make som är hertig och vars ord väger tyngre än Wentworths, och det är bara början. Du får en egendom att uppfostra Toby på och en make som älskar dig och kryper oavbrutet tills du förlåter honom."

"Tänk om jag aldrig gör det?"

"Då ... antar jag att det är mitt ansvar. Men jag hoppas verkligen att du en dag kan finna det i ditt hjärta att förlåta mig, på dina villkor, när du är redo."

"Det hoppas jag också", hon tryckte sig bort från honom och torkade sina kinder med händerna. "Okej, om det krävs att vi gifter oss så gifter jag mig med dig. Sedan, som hertig och hertiginna, ska vi hämta Tobias på hemvägen."

Charlotte kontrollerade sin spegelbild. Himmelens änglar, hon såg ut som om hon hade blivit dragen baklänges genom en gyttjepöl. Hon tog ur hårnålarna, borstade håret och satte upp det igen, och fäste en stor, tvinnad knut i nacken.

Hon tog en sjal och lade den över sina axlar, vände sig sedan mot sin blivande make. "Då kör vi."

Han log brett och öppnade dörren för henne. De gick till stallet på baksidan av Soho Club, där hans hästar höll på att selas för vagnen. Det fanns inget vapen på sidan, vilket skulle ha antytt att det färdades viktiga personer i den, men det var så klientelen var här. Ingen använde riktiga namn, och ingen skvallrade om vem som hade varit innanför murarna.

När hon satt bredvid honom på sätet och en betjänt stängde dörren, tittade Caroline upp på honom och insåg det vansinniga i sin situation. Hon skulle gifta sig igen, denna gång för ... kärlek? Var det vad det här var? Han hade förklarat sin kärlek för henne, men hon hade inte besvarat känslan.

Hon var fortfarande för arg för det, just nu.

Men när Tobias var i säkerhet igen, var hon säker på att hennes uppskattning skulle bli uppenbar.

Han lade en arm om hennes axel och höll henne stadigt, men inte så hårt att hon kände sig instängd.

"Jag antar att jag borde fråga dig om ditt förnamn, ditt riktiga?" sa hon när kusken smackade med tungan för att få hästarna att röra på sig.

"Det är August", sa han och log sedan brett. "Men du får kalla mig 'ers nåd'."

Hon slog honom lekfullt i bröstet med handflatan. "Du vet att du är illa ute om jag någonsin kallar dig det." Hon lutade sig mot hans kropp och vilade så mycket som den skumpiga vagnen tillät. För några dagar sedan skulle hon och August inte ha pratat särskilt mycket alls vid det här laget. Gardinerna skulle ha varit fördragna, de skulle ha varit lättklädda, och Brabham, August, skulle ha skrikit hennes namn. Nu myste hon intill honom och kände sig ... orolig. Ja, fortfarande orolig, men på något sätt trygg. Ett domstolsbeslut må ha gett Wentworths rätt att ta hennes son, men en hertig skulle få tillbaka honom.

Det var något med den här nivån av intimitet de delade, fullt påklädda, var och en tröstande den andre. Han hade begått ett dumt misstag, men av en god anledning, på sätt och vis. Nu när hennes omedelbara hysteri och självförakt hade lagt sig, kunde Caroline förstå varför han hade gjort det. Den stackars mannen hade levt större delen av sitt liv utan att veta vem hans far var. Han var så bra med Tobias och såg tydligt något av sin barndoms själv i honom. Han hade förmodligen trott att han gjorde rätt i att ta med honom till bröllopet. Dumma karl.

Och under tiden, vad hade hon gjort? Förnekat Tobias kunskapen om hans födslorätt. Han var ju Wentworth-ättens arvinge. Hans liv var tryggt och hälsosamt på Soho Club, men det var den sortens uppfostran som kunde skada hans framtid. Det hade gnagt i bakhuvudet på henne länge.

Hon suckade djupt. "Wentworths skulle oundvikligen ha fått reda på det förr eller senare."

August kysste henne ömt på läpparna och sa: "Jag vet att jag sa att jag hoppades på förlåtelse, men det här är alldeles för tidigt."

"Det duger så länge", hon borrade in sig i hans kropp och fann tröst i hans värme och närhet.

Så konstigt att de aldrig riktigt hade gjort det här förut, hållit om varandra utan förväntningar på något annat. Omfamningen erbjöd en sorts enkel intimitet som helt enkelt kändes ... rätt.

De färdades i behaglig tystnad tills vagnen stannade vid en kyrka.

Charlotte hajade till. "Innan vi gifter oss, borde jag berätta för dig om min avlidne make?"

"Var han en hemsk best? För jag kommer aldrig att behandla dig illa."

"Tja, nej. Faktiskt, han var ... normal."

"Normal? Det finns inget sådant."

De utbytte ett leende.

"Men det var han", sa Charlotte. "Hans familj var fruktansvärt kontrollerande, och de var så många. Han var inte viscount från början, och det hade aldrig oroat oss. Men familjen ... de gjorde vad de kallade för *korta besök*, men det slutade med att de stannade en hel säsong. De verkade också gå på väldigt många begravningar. Och sedan, efter den förre viscountens begravning, var det min avlidne makes tur att ärva. När han väl var viscount, riktades familjens uppmärksamhet mot oss. Det var kvävande. Änkeviscountessan fyllde vårt hus med sin egen personal för att meddela henne i samma ögonblick som jag blev gravid. Jag tror att hon kan ha vetat det före mig. Jag sa till min man att vi väntade barn, och han ville hålla det hemligt för resten av familjen. Han visste hur de skulle bli. De är precis som han förutspådde."

August nickade. "Du gömde inte Toby, du skyddade honom."

"Det är en rättvis bedömning."

"Han kommer att vara i dina armar innan natten är över, det har du mitt ord på." Han krokade armen för att hon skulle ta den, och de gick in i kyrkan. Kyrkoherden hälsade dem med ett brett leende, och August räckte honom flera inslagna papper.

Självklart.

Pengar!

Tja, mer av den varan skulle alltid komma väl till pass, men en rysning av oro kröp uppför Charlottes ryggrad. Exakt hur mycket pengar hade August?

Och varför hade han spenderat så mycket tid med att låtsas vara en betjänt när han var så förmögen?

CHAPTER 6

Hemligheter är som frön i vinden. De når alla de sämsta platserna och växer vilt om man inte är försiktig.

— FRU SKARSGARD

C eremonin var så kort som kyrkoherden tillät. För Charlotte släpade sig tiden fram.

August sa: "Snälla ni, gode man, vi har fruktansvärt bråttom. Alla delar ni kan utelämna skulle vara mycket uppskattat."

Kyrkoherden rodnade och sa något om en opassande brud.

"Åh, herregud, det är inte det", en rodnad spred sig över Charlottes hals och ansikte. "Min son från mitt tidigare äktenskap befinner sig i stor fara."

Kyrkoherden bleknade snabbt. "Är ni fortfarande gift? I så fall *kan* jag inte viga er." Han gjorde en gest för att lämna tillbaka sedelbunten till August.

August höll avvärjande upp sin handflata. "Jag uppskattar er moral, herr kyrkoherde, men pengarna är fria från synd, det försäkrar jag er. Min fästmö är änka, och hennes barn föddes flera månader efter att hennes make gick bort."

Mannen stoppade undan pengarna och betraktade Charlotte misstänksamt. "Hur många månader?"

Charlotte drog efter andan. "Knappt tre. Min framlidne make, vicomten, visste att jag väntade barn och uppmanade mig att hålla barnet borta från hans släktingar. Jag har följt hans önskan till punkt och pricka de senaste fyra åren. Dessvärre har hans familj hittat min son och tagit honom ifrån mig. Om jag inte blir vigd här med hertigen av … vad är du hertig av, käre August?"

"Brabham."

"Om jag inte blir gift med hertigen av Brabham kommer de inte att släppa honom. Åååh!" Hon vände sig till August. "Du använde din titel som ditt betjäntnamn på klubben, det är ett sätt att inte bli förvirrad."

"Jag kan behöva sätta mig ner", sa kyrkoherden. "Hertigen av Brabham är persona non grata i de här trakterna."

August och Charlotte ropade båda: "NEJ!"

August tog över. "Hör här, jag förklarar allt senare, men jag är den verklige hertigen. Den andre var en skurk som drog på sig skulder och sedan flydde till kolonierna. Var nu snäll och fortsätt så att vi kan ingå äktenskap och få tillbaka vår son."

Förvirring virvlade runt. Vilken saftig liten upplysning som hon bara var tvungen att få höra mer om. Men just nu hade de annat att tänka på. Hon rörde vid Augusts arm. "Du sa 'vår son'."

"Jag menade det. Tobias betyder allt för mig, och jag skulle älska inget högre än att uppfostra honom som min egen, tillsammans med hur många bröder och systrar som än kommer därefter."

"Åh, August!" Charlotte brast i gråt, torkade sig sedan i ansiktet och vände sig till kyrkoherden. "Skynda er, gode man, vår son behöver oss."

Kyrkoherden harklade sig och bläddrade i bibeln. "Då hoppar vi framåt ..."

Charlotte hade kunnat sväva hela vägen till Wentworth House i Mayfair. De var nu gifta, en hertig och en hertiginna, och hon skulle snart ha sin son – deras son – trygg i sin famn.

För stunden njöt hon av att vara omfamnad i Augusts armar. De passade så perfekt ihop att hon inte kunde förstå att hon inte hade tänkt på deras relation på det här sättet förut.

"Jag har varit en självisk älskarinna som skickat iväg dig så snabbt efter att vi, ja, du vet, på klubben", bekände hon. "Jag skulle aldrig ha gjort så. Jag var grym. Jag är så ledsen."

Han skakade sakta på huvudet. "Jag uppskattar ursäkten, men jag vet att du bara skyddade dig själv och Tobias."

"Jag förnekade mig själv en framtid för att jag trodde att det skulle hålla honom säker. Åh August, vi har gjort allt i helt fel ordning, eller hur? Om vi hade gift oss tidigare hade de aldrig kunnat ta Tobias ifrån mig från första början."

Han kysste henne ömt på läpparna, ett löfte om vad som komma skulle. "Men om det hade varit din inställning, kanske du hade gift dig med den förste betjänt som klev över din tröskel, och då skulle vi inte nu vara en del av varandras liv?"

Charlotte svalde. "Det ... har inte funnits några andra betjänter."

"Har det inte?" Han höjde förvånat på ett ögonbryn.

Charlotte skrattade hjärtligt. "Jag var väldigt bra på att spela rollen som en skandalös änka, men allt var bara ett spel för gallerierna. Var snäll och behåll den här hemligheten för mig, jag har ju ett rykte att upprätthålla."

Han stämde in i hennes skratt och kom sedan med en egen bekännelse. "Jag försökte så innerligt att inte låta svartsjukan förtära mig. Jag var din slav för att jag trodde att du skulle förkasta mig för dina andra älskare."

"Jag är ledsen för sveket. Men det var nödvändigt."

"Jag förstår." Han kysste henne och hon svimmade nästan i hans famn.

Han var hennes make nu, hon skulle inte neka honom någonting. De kunde fullborda akten utan att frukta några konsekvenser. Faktum är att hon såg fram emot dessa konsekvenser.

Till slut avslutade de kyssen. "Inga fler svek", sa hon och höll hans ansikte i sina händer. "Jag älskar dig, det är sanningen." För det var det verkligen, och hon behövde få honom att veta det.

"Min älskade." Hans kyssar vandrade nerför hennes hals mot hennes bröst som höjdes i en hänförd suck. "Du vet redan att jag älskar dig vansinnigt. Jag är din slav, gör med mig vad du vill."

Skulle de älska i vagnen innan de nådde Wentworth House? Käre himmel, hon kunde inte behärska sig i närheten av Brabham ... August ... sin make.

Han var lika upphetsad och glad över att få underhålla henne. Hans händer gled in under hennes kjolar och strövade upp längs insidan av hennes lår, retades och frestade henne medan hon slingrade sin kropp närmare honom.

Vagnen krängde plötsligt hårt åt vänster när ett

par hästar gnäggande rusade förbi. En lykta slets loss från den passerande vagnen och slog igenom deras fönster, och satte eld på gardinerna!

Chocken gjorde henne stum för en sekund, tills hon återfick sansen.

"Vem i helsike?"

Blixtsnabbt grep August tag i tyget och knuffade ut det genom det krossade fönstret, ut på den kalla gatan. Sedan drog han av sig sin kavaj och kvävde gnistorna och svedda fläckarna på dynorna tills de bara var frän rök och aska.

Vagnen fylldes med stickande rök.

Deras kusk slet upp dörren och hjälpte Charlotte ut i den friska luften. Medan hon stadgade sig i kylan, spanade hon på den skumpande vagnen som nästan hade förstört deras egen. Varför körde de så vårdslöst?

Det var då hon såg något fruktansvärt bekant på baksidan av den vagnen – det var Wentworth-vagnen som hon och hennes framlidne make hade åkt i efter sitt bröllop.

Det var tvunget att vara den, för hon kände igen delen baktill där familjen hade bytt ut skadat timmer. Hon hade inte lagt märke till det först, eftersom hon hade varit passagerare då. Det var först senare, när hon och hennes make hade sett vagnen lämna deras gods, som hon hade sett den lagade delen. Det hade gjort henne upprörd att tänka att det kunde vara ett omen för hennes eget äktenskap – hoplappat och illa arrangerat.

"De har Tobias!" insåg Charlotte med plötslig klarhet.

Varför skulle annars Wentworth-vagnen färdas i sådan hast vid denna tid på kvällen? I sådant kallt väder.

Hon vände sig om och såg August klättra ut ur deras landå för att försäkra sig om att hon var oskadd.

"Hoppa in igen!" skrek Charlotte. "Kusk, följ efter den där vagnen."

Oro fyllde Augusts ansikte. "Vad är det som händer?"

"De har vår pojke. Kom igen, vi har ingen tid att förlora!"

CHAPTER 7

Om ni vill att jag ska dela med mig av en hemlighet måste jag först fråga: är ni bra på att bevara dem?

Ja?

Utmärkt, det är jag också.

— FRU SKARSGARD

August önskade att han hade haft lyxen att få uppleva en känsla i taget. Han kunde ha svimmat av lycka över att Charlotte hade sagt "vår pojke", att hon erkände att hon såg honom som en far till Toby. Men det faktum att en annan vagn rusade iväg med nämnda barn i skickade panik farande genom hans blod.

De hade kommit så långt; de tänkte inte förlora honom nu.

Han hjälpte Charlotte tillbaka till sitt säte och stängde dörren själv för att bespara kusken besväret och tiden, sedan knackade han med knytnäven på väggen närmast kuskbocken och ropade: "Ni hörde henne, följ den droskan!"

Han valde det bakåtvända sätet, eftersom Charlotte var tvungen att kunna se framför dem. Hennes kropp lutade sig framåt, som om hon med ren viljestyrka ville få deras häst att hålla takten.

Han ville också se framåt, men när de svängde runt ett hörn skyndade Charlotte till det andra fönstret för att få en skymt av sitt byte.

Om han försökte sätta sig bredvid henne skulle han sväva i kroppslig fara.

Bäst att aldrig komma mellan Charlotte och hennes son.

Charlottes ansikte förrådde ren sorg. "De kommer undan!"

Han knackade på väggen igen. "Skynda på!"

"Javisst!" sa John Coachman till ljudet av ett pisksnärt i luften.

Kusken hade den bästa utsikten, och de färdades i en snabb landå. Tack och lov att han hade hållit den så väl underhållen.

Men de följde efter en vagn som drogs av två hästar, och deras egen häst skulle bara kunna hålla jämna steg en viss tid innan det slutade illa.

Han såg Charlottes plågade min och önskade att han kunde göra något åt saken.

"De kommer undan!" ropade Charlotte igen.

Desperat efter att få se sanningen med egna

ögon stack August ut huvudet genom det andra fönstret, precis när deras vagn krängde till. De slet upp marken men det var lönlöst; de blev ifrånkörda. I fjärran kunde han knappt urskilja vagnen de jagade. Den kalla vinden bet i hans hud och stack som knivar genom hans kläder.

Lykktorna på den andra vagnen hade slocknat – om det var på grund av vinden eller avsiktligt visste han inte. Tobys vagn hade blivit en mörk, suddig fläck på den mörka vägen framför dem. Om något så gjorde lyktorna på deras egen vagn det ännu svårare att se längre bort.

Borde han släcka deras för att hålla blicken skarp?

"Kan du se honom?" Charlottes grepp landade på hans axel och borrade sig in hårt.

Han drog sig undan så att hon kunde kika ut en aning.

Han oroade sig för att hon skulle luta sig ut för långt och träffas av ett träd de passerade. "Vår kusk har skarpa ögon och den bästa utsikten. Han håller takten."

"Varför är deras lyktor släckta?"

August skakade på huvudet. "Jag förstår inte. Det är farligt nog i den här farten."

När han sa det sista ordet körde de ner i ett potthål i vägen, vilket slungade Charlotte mot hans bröst.

"Ouch!" sa de båda samtidigt.

August kunde inte tala på grund av luftbrist och kippade efter andan som en fisk på torra land. Hon hade slagit luften ur honom. Med ett ansträngt andetag drog han in luft och kände sig lättad när han såg att Charlotte gjorde detsamma.

"Snälla, sitt försiktigt, vi far fram i en väldig fart och du kommer att skada dig om du inte sätter dig ner."

"Jag bryr mig inte om jag skadar mig, jag vill bara …" Ännu ett skump stal hennes ord.

August tänkte inte finna sig i det. Han flyttade över till det framåtvända sätet och drog ner henne bredvid sig, med ena armen stadigt om hennes midja och den andra hållande i handtaget vid fönstret.

"Jag bryr mig i allra högsta grad om du skadar dig. Och du är inte till någon nytta för Toby om du bryter nacken."

Plötsligt ropade Charlotte till kusken: "Stanna vagnen!"

"Vad?" August förstod inte.

"Stanna vagnen nu! Avbryt jakten!" Sedan lugnade hon rösten för att förklara. "Om vi kastas runt så gör Toby det också. Jag skulle inte stå ut med det om något hände för att de flydde från oss."

August knackade på väggen igen och ropade: "Sakta farten, gode man. Skona hästen."

De hörde de rätta orden från kusken för att veta att han hade hört dem och följde deras önskemål. Tobys vagn hade redan ett försprång, men om de fortsatte i denna halsbrytande fart kunde de alla gå under.

Han hoppades bara att den som ansvarade för den andra vagnens hästar hade märkt att de hade avbrutit jakten och skulle sakta ner i sinom tid.

"Han måste vara skräckslagen", sa Charlotte när deras häst saktade ner till skritt.

I den stilla nattluften frustade hästen. Det stackars djuret måste vara utmattat. De borde stanna snart och ta hand om honom vid nästa värdshus.

Charlotte ville ge sig själv en örfil för att ha utsatt Tobias för så stor fara. Hon hade snubblat och fallit fram och tillbaka i vagnen, till och med slagit luften ur sig själv. Stackars Tobias måste vara helt omskakad vid det här laget. Om något hände honom skulle hon aldrig förlåta sin egen dårskap att över huvud taget inleda jakten.

Hon höll i Augusts arm. "Var är vi, vet du det?"

De hade gett sig av i full fart, utan en andra tanke. Nu hade de möjligen en skadad vagn och en utmattad häst som skulle behöva flera timmar, om inte hela natten, för att återhämta sig från en sådan ansträngning. Synd på synd, hon hade orsakat ett oskyldigt djur lidande, satt sitt barn i fara och de var vilse!

Vagnen saktade ner till ett mjukt stopp och hästen frustade igen. Kusken klev ner från kuskbocken och öppnade dörren åt dem. "Ursäkta mig, ers nåd, trappstegen har gått av."

August hoppade ut och landade med ett "oof", vände sig sedan om och räckte ut handen mot Charlotte. I mörkret såg det ut att vara en lång väg ner. Hon tog hans hand och tog sedan något av ett språng i blindo, i vetskap om att han skulle fånga henne och bromsa hennes fall. Han drog henne in i sin famn och sänkte henne försiktigt till marken.

Det kändes rätt och underbart. "Tack", sa hon, medveten om att hon borde säga så mycket mer. Men tyvärr fanns det ingen tid. Hon såg sig omkring på gatan och letade efter bekanta landmärken. Allt var mörkt och det var svårt att urskilja något. Och den skarpa, kalla luften frös hennes näsborrar. De var fortfarande någonstans i London, att döma av antalet och närheten mellan byggnaderna. Men i vilken del? Om det fortfarande fanns lite ljus på himlen skulle hon åtminstone veta åt vilket håll väster låg. Inga stjärnor syntes, så det måste vara tjocka moln ovanför.

Det kom ljus från hörnet, så hon tog Augusts

hand och ledde honom ditåt. "Kanske är det ett värdshus där ljuset strömmar från en byggnad?"

John Coachman tog ner en av de släckta lyktorna från sidan av deras vagn och räckte den till dem. "Den här måste ha blåst ut i brådskan. Jag har ett flinta i min kista. Hästen är trött, så jag står hellre här med Rebecca än att vandra planlöst."

"Bra poäng", sa August. "Det verkar som om det är bäst att ni styr henne åt sidan."

Ljudet av hovslag blev högre. Från mörkret kom en häst springande mot dem. En ensam häst med selspännen som slog mot marken och med skräckslagna ögon.

"Är det där?" började Charlotte när den stormade förbi dem.

"En av Wentworths parhästar", avslutade August medan han såg den springa. "Stanna här."

Han sprang iväg i den riktning som den skrämda hästen hade kommit ifrån.

"Säg inte åt mig vad jag ska göra!" sa Charlotte till hans försvinnande rygg. Hon höll upp kjolarna från marken och sprang efter honom.

En Wentworth-häst kunde omöjligen vara ett gott tecken. Tobias kidnappare hade antingen övergett sin vagn för att rida resten av vägen på en enda häst, eller så hade något gått fruktansvärt fel.

Illamåendet som vällde upp i magen sa henne att det var det senare.

Det, och familjen Wentworths legendariskt klumpiga otur.

Hennes man hade dött i en vagnolycka. Det skulle vara alltför grymt om hennes stackars baby skulle lida samma öde.

Hopp och desperation sporrade henne, och hon var snart i jämnhöjd med August när de störtade hänsynslöst in i mörkret.

Utan någon lykta till hjälp var de utlämnade åt samma vägens nycker som familjen Wentworth hade varit – en väg som redan hade fått en häst att slita sig loss från sina seldon.

"Sakta ner", ropade hon till August. "Annars kommer vi att lida samma öde!" Det sista de behövde var en självförvållad skada från att snubbla över en trädgren. Var de ens kvar på vägen? Det var svårt att avgöra i det svaga ljuset.

August tvärstannade. Hans andhämtning kom i korta flämtningar. "Du har rätt. Vi skulle kunna bryta nacken om vi springer omkring så här vilt."

Charlotte flämtade också. Med yttersta ansträngning stadgade hon sin andning tillräckligt för att lyssna på den kalla vinden. Den bar med sig ett svagt rop på brisen.

"Tobias!" ropade Charlotte. "Vi kommer!"

"Ta det lugnt nu, jag kan knappt se någonting", sa August.

De fortsatte blint men stadigare, och efter ytterligare några meter stannade de igen.

Denna gång kupade August händerna runt munnen och dundrade: "Toby?"

De väntade båda, med andan i halsen, och ansträngde sig för att höra något ljud.

Ett starkare men ändå gällt rop på "Brabham?" kom rakt framifrån.

"Jag med, älskling", ropade Charlotte tillbaka.

"Tant Sharlo, jag sitter fast!"

"Vi kommer!" svarade Charlotte medan de fortsatte framåt, och stannade sedan plötsligt när en stor mörk form dök upp. Det var Wentworthvagnen, som låg på sidan. Inget tecken eller ljud från den andra hästen, som hon hoppades hade skenat i en annan riktning.

På ett ögonblick klättrade August upp på sidan av vagnen. Han slet upp dörren och ropade försiktigt in: "Vi har dig."

Ett klagorop av besvikelse skar genom luften när Tobias klagade: "Tant Sharlo lovade att hon skulle vara här när jag vaknade!"

"Jag är precis här", ropade Charlotte för att lugna honom. "August är starkare, så han ska få ut dig."

Man hörde lite grymtningar och skrammel, och några ögonblick senare stod August på marken framför henne och höll i en tilltufsad, gråtande Tobias.

"Åh! Min älskling!" Charlotte höll ut armarna och Tobias lutade sig mot henne och slog sina kalla armar om hennes hals. Hon kunde knappt andas, men hon brydde sig inte. "Min älskade pojke", hon överöste hans huvud och isiga kinder med kyssar. "Gör det ont någonstans?"

"Jag är hungrig!" sa han och kramade henne hårdare.

De vände sig om för att gå tillbaka mot sin egen kusk. I och med det vägledde ljuset från några fönster dem. Efter så mycket tid av famlande i mörkret hade deras syn anpassat sig mer fullständigt.

"Jag kan inte fatta att vi inte bröt nacken", sa August när de såg den gropiga grusvägen, full av ojämnheter här och stenar där.

"Vi har haft stor tur, allihop", sa Charlotte och kramade den Tobias-stora havstulpan som klamrade sig fast vid hennes kropp. "Jag känner inga brutna ben, och hans hår känns torrt. Jag tror inte att han har slagit i huvudet. Gör det ont i huvudet, min älskling?"

Tobias skakade på huvudet men sa annars ingenting.

En hugg av smärta grep tag i hennes hjärta.

Hon hade varit så nära att förlora honom, och han visste inte ens att hon var hans mor.

Den hemska hemligheten måste ta slut nu.

"Tobias, älskling." Hon var tvungen att säga det nu innan hon tappade modet. Hon var skyldig honom sanningen. "Jag måste berätta något viktigt för dig. Jag är egentligen inte din tant. Jag är din mor."

"Va …?"

"Jag är din mor." Hon sa det nu bestämdare, som en förklaring, inte ett erkännande av skuld. Hon hade inget att känna skuld över. Hon hade bara ljugit för att skydda honom, och det hade ändå inte fungerat. Ingen mening med att behålla den skadliga hemligheten längre.

"Min mor?"

"Ja."

"Men …" Han drog tillbaka huvudet och stirrade på henne när de närmade sig en glödande gul lykta utanför ett värdshus. "Du är ju tant Sharlo."

"Ja, ja det är jag." Ingen idé att argumentera med den trötta lilla pojken just nu. Åtminstone behövde hon inte låtsas som om han inte var hennes son. Hennes modiga, till synes oförstörbara son. Kanske skulle han undkomma Wentworth-förbannelsen trots allt.

De fyra – John Coachman, Charlotte hans hustru och nya hertiginna, hennes son – satt med August vid ett långbord på värdshuset och drack svagdricka och åt bröd och kokta ägg. Trots stimmet från ett fullsatt rum med samtal runt omkring dem sov Toby i Charlottes armar.

Här inne var det bättre ljus, och det gav dem en chans att noggrannare undersöka den lille pojkens kropp efter skador. Hans armar skulle få blåmärken under de närmaste dagarna, det var han säker på. Men för det mesta verkade han oskadd. Mängden människor och den stora elden var en välkommen omväxling från kylan utanför.

August hade varit så tacksam för bristen på ljus i Wentworth-vagnen. Det hade legat en annan kropp där inne och klämt fast Toby. Han hade inte kunnat se personens anletsdrag, men att döma av hatten och käppen han hade hittat var det en man.

Det kunde ha varit en Wentworth eller någon slumpmässig inhyrd muskelknutte för allt vad han visste. Vem han än var, var han död. August hade försiktigt petat på kroppen, och det hade inte kommit någon reaktion. Vagnen stank också av tömda tarmar och urin. Om Charlotte hade trott att det var Tobys på hans kläder skulle han inte rätta henne. Hon hade inte frågat om någon annan hade varit i vagnen. Om hon någonsin gjorde det, skulle han bespara henne de blodiga detaljerna.

De hade fått tillbaka hennes son; det var allt som betydde något.

Hennes lyckligt sovande son som verkade i övrigt oskadd från ett fruktansvärt äventyr.

Med lite tur kanske han till och med skulle glömma denna hemska natt i kommande år.

Han ordnade ett rum och ett bad och gav Charlotte tid att bada sin son och sig själv. Han fick nöja sig med ett tvättfat och en trasa och torkade av den fruktansvärda dagen från ansikte och hals.

Nåja, det hade inte varit en helt och hållet fruktansvärd dag. Han och Charlotte hade gift sig.

Det fick man inte glömma!

Han vände sig från sin tvagning och såg Charlotte kyssa sin sons panna när hon stoppade om honom med täcket. Unge Toby sov djupt, mitt i sängen som han hade hoppats få krypa ner i.

Hm.

Allt sammantaget skulle han inte göra några anspråk på Charlotte i natt. Hon hade fått tillbaka sin son, och allt sammantaget hade giftermålet bara saktat ner dem. Om de inte hade slösat tid på det, hade de kunnat förhindra så mycket drama.

"Du behöver vila", sa han. "Jag ska be värden om ett separat rum."

Hennes händer for upp till höfterna och hennes mun snörptes ihop i irritation. Med en röst som var skrämmande låg och stadig sa hon: "Det ska du inte alls göra."

August stammade: "J-ja, ers nåd."

"Vi ska tillbringa vår bröllopsnatt tillsammans, som man och hustru."

Hennes ton tålde inga invändningar. August skulle inte bli förvånad om en svettdroppe just nu rann ner längs sidan av hans ansikte. Han skulle hellre springa i full galopp in i en snårig skog än att våga göra henne besviken.

Hennes eld var upphetsande! En gnutta hopp värmde hans hjärta. "Min vagn finns i stallet."

Ett brett leende mjukade upp hennes ansikte, och värmen i hans hjärta ökade till en flamma. "Men John Coachman då?"

"Jag har ordnat ett rum åt honom också. Han riskerade livet för oss i kväll; det var det minsta jag kunde göra."

"Goda man." Charlotte bet sig i insidan av kinden under eftertanke.

Augusts pung drog ihop sig i väntan på vad hans nya brud kunde tänka på. Tack och lov att den unge pojken sov djupt! "Tänk om han vaknar i natt och du inte är här?"

Vad försökte han göra, få sig själv att explodera av frustration? Varifrån hade dessa gentlemannamässiga bekymmer plötsligt kommit? Han borde vara djupt inne i sin hustru just nu, och istället oroade han sig för att den älskade pojken skulle vakna.

”Du är en kär man som är så orolig. Jag tillsatte en droppe lavendel i hans badvatten och under hans kudde bara för säkerhets skull. Han är utmattad från dagen; han kommer att sova i timmar.”

Blodet samlades söderut, och hans hjärna slutade fungera. ”Häxa.”

Hon kysste honom helhjärtat och snodde sin tunga med hans. När hon drog sig tillbaka var hennes ögon något glasartade och hennes andning blev kort. ”Det är vår bröllopsnatt; vår vagn väntar.”

CHAPTER 8

Låt inga hemligheter finnas mellan älskande, så
att inte kärleken surnar.

— FRU SKARSGARD

O m de inte älskade inom nästa minut skulle
Charlotte explodera av frustration. På tå
som rymlingar smög de sig tyst till vagnen. Det
fanns ingen i närheten, förutom snarkningarna från
en stalldräng som sov någonstans uppe vid takbjäl-
karna. Deras vagn saknade fotsteg, så August hjälpte
henne upp och hans hand slant av misstag in under
hennes kjolar och kupade sig om hennes kön. Hon
var redan het och våt, hennes kropp så redo för
honom att hon kanske inte skulle klara av ännu en
fräck beröring. Stönet långt bak i hans strupe talade
om för henne att han sannolikt inte skulle hålla ut
mycket längre än hon.

Väl inne knuffade hon ner honom på sätet och
befriade hans kuk ur byxorna. Hans händer sträckte
sig upp och sköt hennes kjolar ur vägen. Att prata

skulle bara fördröja saken. De behövde tillfredsställa de överväldigande köttsliga lustar som förnekats dem alltför länge. Hans varma händer kupade sig om hennes skinkor medan hon placerade sig på toppen av hans kuk. Med en djup suck spetsade hon sig själv på honom och förde dem samman där de hörde hemma.

"Jag älskar dig så mycket", bekände hon medan hon gled uppåt och rättade till sin position, för att sedan slå ner igen och ta honom djupt inom sig.

"Ja", instämde han och flyttade händerna runt hennes lår. En sekund senare lät han ena handen glida in i hennes klänningsliv och befriade först det ena bröstet, sedan det andra.

Hon svankade med ryggen och pressade sig mot honom. Han sög i sin tur på först det ena bröstet, sedan det andra. Åtrån rusade genom hennes kropp av den sensuella attacken. När hans tumme fann hennes klitoris böjde hon ner huvudet och skrek i hans axel, oförmögen att hålla tillbaka.

Han stönade mot hennes bröst och slog sedan armarna om henne för att hålla henne tätt intill sig, hans kropp skakande i hans egen utlösning. En sekund senare flyttade han dem båda till det andra sätet, och hon skrek på nytt när han stötte in i henne. Kraftfulla vågor byggdes plötsligt upp i hennes kropp igen och hon skrek hans namn, utan att bry sig om vem som kunde höra dem.

Han kollapsade ovanpå henne, men flyttade på sin tyngd så att hon kunde andas.

Charlotte torkade sig i ansiktet och medgav: "Det där behövde jag."

Med ett mjukt skratt sa August: "Det gjorde jag med."

"Är vi inte ett märkligt par?" Charlotte torkade sig i ansiktet igen. Det var inte bara svett; hon var ganska säker på att även några glädjetårar hade sprutat ut. "Jag är så ledsen att jag aldrig berättade sanningen om Tobias för dig. Jag lovar att aldrig mer undanhålla några hemligheter för dig."

"Jag tror dig", sa August. "Det är därför jag älskar dig så mycket. Du bevarade en hemlighet för att hedra ett löfte; det kan jag inte förebrå dig för. Du gjorde det rätta."

Det kändes så skönt att höra. "Innan vi åker tillbaka, kan inte du berätta varför du låtsades vara en simpel betjänt när du var ... är ... en högt uppsatt hertig?"

"Ah, just det. Jag var en fegis. Jag uppfostrades aldrig till att bli någon speciell, och så fort folk fick veta om mina nya omständigheter hade plötsligt alla händerna i mina fickor och hjälpte mig att spendera pengar. Det var förstås väldigt smickrande, och jag roade mig ganska bra. Tills jag gjorde en fasansfull upptäckt. Någon annan kallade sig hertigen av Brabham och drog på sig enorma skulder."

"Herregud! Är allt borta?" Men han hade ju gett kyrkoherden så mycket pengar tidigare ikväll. "Förlåt, det borde jag inte fråga om. Åh, herregud, varför gråter jag?"

"Jag tror att det beror på att vi har varit tvungna att hålla inne med våra känslor så länge. När vi väl släppte ut dem, vällde de alla ut på en gång. Men ja, en hel del försvann väldigt snabbt, och jag insåg snart att det inte var det säkraste alternativet att vara hertigen av Brabham, åtminstone offentligt. Det och bedragaren ruinerade mig nästan. Enligt mina uppgifter har han flytt till Nya Zeeland för att pröva lyckan med bedrägerier där."

"Inte undra på att du sökte dig till det lugna livet på Soho Club."

"Jag visste hur man var betjänt; jag har arbetat i tjänst hos många familjer tidigare. Jag arbetade på min fars gods – även om jag då inte visste att han var min far. Allt är ganska rörigt och komplicerat."

"Verkligen. Vi har båda mycket att reparera." Hon torkade bort fler tårar från ansiktet. "Gode Gud, jag måste se förskräcklig ut!"

Han log. "Jag ska låta dig veta när vi är tillbaka i våra rum på klubben, och jag har älskat med dig på nytt, hustru." August kysste hennes mun och kinder, sedan kysste han hennes slutna ögon, följt av hennes nästipp. "Får jag be om en sak?"

"Bara en?"

"Ja. När vi återvänder till klubben skulle jag gärna vilja älska med min hustru i en riktig säng."

"Bara för omväxlings skull?" fnissade Charlotte.

"För nyhetens behag", skrattade han medan han sög på hennes bröst.

"Vet du vad som mer är nytt, och ganska underbart?" frågade Charlotte och kände hur hon blev het vid tanken på att älska med sin man – långsammare den här gången för att verkligen njuta av upplevelsen.

"Vi fullbordade akten", sa August och flyttade sin tyngd över hennes kropp. "Som en riktig äkta man bör."

Hans händer strök över hennes lår och snuddade vid insidan av hennes blygdläppar. Ett stön kom djupt inifrån hans strupe, och han lät sina våta fingrar återigen smeka hennes ömma klitoris. "Jag måste säga att jag inte hade en aning om att effekterna av en farlig eskapad kunde vara så uppiggande."

"Att uthärda en eskapad är inte särskilt roligt, men efterspelet är det verkligen."

Han förde sin kuk mot hennes ingång och strök den fram och tillbaka. "Min djärva hustru, får jag snälla komma in?"

"Träd in närhelst du är redo", sa hon medan hennes knä vinklades åt sidan för att ge honom fri passage.

Med en suck och vad som lät som ett tack under andan gled han ända in. Han begravde sitt huvud i hennes halsgrop och ökade takten, hans kropp sände nya chockvågor genom Charlotte när han pulserade mot hennes kropp. Den glödheta hettan tog över, de två rörde sig som en, sökande efter befrielse, för att sedan krascha samman i en skälvande rusning. Han kollapsade på hennes kropp medan efterskalv skakade dem båda.

CHAPTER 9

Att hålla på hemligheter går väl an, men det är alltid bäst att inte ha några från första början.

— FRU SKARSGARD

Den skarpa luften kittlade Augusts näsa när han klev ut från värdshuset nästa morgon, tillsammans med sin nyblivna familj.

Det hade fallit mycket snö under natten. Vagnshjul plöjde djupa spår genom pudersnön, medan hästarna som drog dem frustade ut tillräckligt med ånga för att få en drake att skämmas.

En isande kyla fick honom att stanna tvärt när han tänkte på hur kallt det verkligen var. Om de inte hade hämtat Tobias igår kväll, i det mörka diket vid vägen, skulle pojken med största sannolikhet ha frusit ihjäl. Även nu skulle Wentworths vagn förbli väl dold tills snön smälte. Det var tur att hästarna hade sprungit iväg, men vart de hade tagit vägen kunde ingen veta.

Han höll lille Toby i famnen medan han och hans hustru pulsade genom snön till vagnen som kusken John hade kört fram.

Kusken var påbyltad mot det bistra vädret. "Jag har lagt in varma stenar till gossen och damen."

Charlotte sa: "Ni borde ha dem i kuskbocken, ni behöver dem mer än vi."

"Tack, ers nåd. Värdshusvärden har redan sett till min bekvämlighet."

August lyfte in unge Tobias i vagnen – de skulle verkligen behöva laga trappsteget när de kom fram till hans gods. Han grep en hopvikt filt inifrån och räckte den till kusken John. "Varsågod, ta den här också."

"Ja, ers nåd, tack. Vart bär det av nu då?"

August såg på sin hustru medan han gjorde sig redo att lyfta in henne i vagnen.

Charlotte såg upp på honom. "Hem", sa hon.

Han log tillbaka. "Då blir det Soho Club."

EPILOG

JULAFTON, 1819

Charlotte och August stoppade om Tobias i hennes säng. Han såg så liten ut under täcket, men det var mycket bättre att han fick börja sova i en riktig säng, i ett riktigt rum, istället för på sin hylla nära köket.

August kysste Tobias på pannan och sa: "Godnatt, min fina pojke. Vi ses i morgon bitti."

Känslan fick hennes hjärta att svälla.

"Tant Charl- jag menar, mamma", sa Tobias.

Tårarna skulle börja rinna vilken sekund som helst. "Ja, min son?" Så underbart att kunna säga de orden och veta att de inte skulle orsaka någon mer skada.

"Jag skulle vilja ha en hundvalp."

Det var inte dit hon hade trott att samtalet skulle leda. De var där för att hjälpa honom att somna lugnt, inte för att göra honom uppspelt med tankar på framtida husdjur.

"Åh, jag är inte säker på hur vi skulle kunna ordna det. Vad sägs om att vi funderar på det i morgon?"

"Kanske jag kan svara på det?" sa August med hoppfull blick.

Hon var så trött efter den senaste dagens panik och känslostormar. "Lova honom inget du inte kan hålla."

"Det skulle jag inte göra. Tobias, pojken min. Det finns ingenstans att ha en hundvalp här på Soho Club; den skulle bara stöka ner och bli till besvär. Din mor och jag gifte oss i går kväll, och om det går bra för dig, skulle jag vilja ta med dig och besöka mitt hus nära Berkeley Square."

Barnet såg förvirrat ut och nära till tårar.

"Mindre ord, kortare meningar, min käre", uppmuntrade Charlotte.

"Självklart." August rättade sig. "Gråt inte, pojken min. Jag har ett stort hus och en trädgård. Vi flyttar dit och skaffar en hund."

Charlotte himlade med ögonen. "Nu kommer han aldrig att somna!"

"Jag ska sova!" Tobias kurade ihop sig till en boll och knep ihop ögonen. "Sover nu."

Charlotte höll tillbaka ett skratt, kysste honom på kinden och önskade honom god natt. "Vi ses i morgon bitti."

Hon tog August i handen och ledde ut honom i korridoren. "Nu måste du skaffa honom en hundvalp; han kommer inte att låta dig glömma det."

"Det skulle vara mig ett sant nöje att skaffa

honom en hundvalp. Jag ska göra det till min högsta prioritet."

"Det ska du inte alls", sa Charlotte, lyfte hans hand till sin mun och kysste hans knogar. "Du ska ta din hustru till sängs på stört."

"Jaså! Till sängs, säger du?"

Charlotte skrattade. "Bara för omväxlings skull."

Han lyfte upp henne i sina armar och bar henne till sina rum, där han vred om handtaget och avslöjade sin "betjänts" rum.

"Det är inte större än mitt!" flämtade hon.

"En betjänt som har rum passande för en hertig skulle knappast upprätthålla charaden, eller hur?"

"Det är sant."

Han satte ner henne på fötterna, och hon ryste till. "Jag tänder en brasa."

Det var kallare i det här rummet; de var längre från köket och de stora sällskapsrummen. "Jag gör det; jag har utvecklat en viss fallenhet för det."

På några ögonblick hade han fått fyr på brasan och några lovande små lågor. Sedan såg han på Charlotte med en sådan hetta i blicken att hon blev alldeles varm.

"God jul, min älskade hustru", sa han och tog fram något ur fickan.

Det var bara inslaget i en näsduk, som om det inte hade funnits tid att köpa en ordentlig gåva eller slå in den.

"Jag har inte köpt någon present till dig", sa hon. "Vilken hemsk sak att erkänna för sin nye make."

"Vi har båda haft fullt upp."

"Och ändå har du haft förutseendet att skaffa mig något."

Han kysste henne och sände ett begär dånande genom hennes kropp. När han till slut drog sig undan sa han: "Se det som en gåva till oss båda."

Hon vecklade upp tygstycket och log vid åsynen av en husnyckel.

"Är den?"

Han bekräftade: "Nyckeln till mitt hus i London. Den är din. Kom och gå som du vill, även om jag hoppas att du inte kommer att vara borta länge, eller ofta."

Tårarna brast fram. "Åh! Älskling!"

Han hade lyssnat på henne, hade hört henne beskriva hur kontrollerande familjen Wentworth hade varit och han hade trott på henne.

Han *kände* henne.

Försiktigt lade hon nyckeln på ett litet sidobord och ledde honom mot sängen.

OM FÖRFATTAREN

Ebony Oaten älskar ordlekar och är mycket glad över att hennes titlar, som är fyllda med ordlekar, kan översättas relativt bra.

Du kan hitta henne på Facebook, där hon slösar alldeles för mycket tid. Om du hittar henne där, be henne att återgå till att skriva fler av sina fräcka, fåniga och sexiga noveller.

Tack!

 facebook.com/EbonyOaten